When a man dies, his body returns to earth

一个人死后，身体回归地

skin fine hairs into annual herbs, hairs of the head into trees, blood and semen into water

汗毛回归草，头发回归树，血液和精液回归水

speech into the fire

言语回归火

Sight into the Sun , mind into the moon, ears into the quarters, life-breath into wind

Meanwhile then , where is this man ?

——Quoted from < Upanishads.Second Brahmanas>

眼睛回归太阳，思想回归月亮，耳朵回归方位，气息回归风

此时，这个人在哪里呢？

——《奥义书·第二梵书》

引自《奥义书》，黄宝生译，北京商务印书馆，2010年4月初版，第58页。稍有改动，特此说明，并致谢意。

我故乡的四种死亡方式

Four Ways to Die in My Hometown

柴春芽作品　A Film by Chai Chunya

GUANGXI NORMAL UNIVERSITY PRESS
广西师范大学出版社
·桂林·

图书在版编目（CIP）数据

我故乡的四种死亡方式 / 柴春芽著．—桂林：广西师范大学出版社，2013.6（2013.12 重印）
ISBN 978-7-5495-3663-4

Ⅰ．①我… Ⅱ．①柴… Ⅲ．①长篇小说－中国－当代 Ⅳ．①I247.5

中国版本图书馆 CIP 数据核字（2013）第 085405 号

广西师范大学出版社出版发行
（广西桂林市中华路 22 号 邮政编码：541001
网址：http://www.bbtpress.com）
出版人：何林夏
全国新华书店经销
湛江南华印务有限公司印刷
（广东省湛江市霞山区绿塘路 61 号 邮政编码：524002）
开本：880 mm × 1 240 mm 1/32
印张：6.5 插页：12 字数：170 千字
2013 年 6 月第 1 版 2013 年 12 月第 2 次印刷
印数：6 001~8 000 册 定价：32. 00 元

目　录

I

我之所以敬仰阿兰·罗伯－格里耶（Alain Robbe-Grillet），缘于他的多才多艺：农艺师、小说家、电影工作者和业余画家。当然，在我看来，他还是一位小说理论家。他那些论战性的文章——比如《为了一种新小说》——具有哲学性的深刻。阿兰·罗伯－格里耶一贯反对把小说搬上银幕[1]，因此，他给作为导演的自己及其助手还有技术人员制作了一份类似说明书或者操作手册一样的文本，比如法国午夜出版社出版的电影小说《去年在马里安巴》（*L'Année dernière à Marienbad*, 1961）、《不朽的女人》(*L'Immortelle*, 1963) 和《格拉迪瓦在叫你》(*C'est Gradiva qui vous appelle*, 2002) 等，这些文本里有关于音轨的说明，有关于摄影机如何运用的说明，等等。他为这种文本发明了一个词：电

[1] 我所热爱的哥伦比亚小说家加西亚·马尔克斯（García Márquez）在青年时代和我一样热爱电影，并在马德里的一个电影学校学习过导演的课程，后来，在哥伦比亚，他还和另一位文学大师富恩特斯（Carlos Fuentes Macías）一起，为了养家，不得不暂时放弃文学创作而为电影公司写作剧本。哦，对了，还有一位文学大师威廉·福克纳（William Cuthbert Faulkner），也是为了养家而不是由于热爱电影，才去好莱坞当了一段时间的编剧。我相信马尔克斯是热爱电影的，只是他一直没有获得执导一部电影的机会。他深知电影和小说之间的关系，因此，他才反对把他最为珍爱的小说《百年孤独》（*One Hundred Years of Solitude*）搬上银幕，因为他希望每一个读者都能根据自己的想象而拥有一个属于自己的祖母乌苏拉，如果有人扮演了祖母乌苏拉，这个人物形象就会被固定，所有人将只拥有一个祖母乌苏拉。马尔克斯的小说，只有《没人为上校写信》和《霍乱时期的爱情》被改编成了电影，但都反响平平，不及他的小说那么轰轰烈烈。

影小说（ciné-roman）。在《不朽的女人》一书的导言中，阿兰·罗伯－格里耶给了电影小说一个这样的定义：

> 人们即将读到的这本书，并不自诩为一部自成一体的作品。作品，是电影，如人们在电影院里看到和听到的那个样子。而在这里，人们只能找到对它的一种描绘：举个例子吧，这就好比对一部歌剧而言，它是剧本，配有音乐总谱，还有布景提示，表演说明，等等。……对没能去观看放映的人来说，电影小说还能够像一本乐谱那样被人阅读。……[1]

结合我编剧并导演第一部电影的经验，我愿意把对小说和电影的研究结合在同一个文本里。我愿意尝试一种新的文体写作，混杂着虚构、纪实、传说、寓言、梦境和自传性的回忆，既现实又超现实。也就是说，我想要写出一本真正意义上的电影小说，也即电影与小说这两种艺术形式相互渗透和彼此映照的新的小说。就我的理解（可能是浅薄的，甚至是谬误的）来说，电影小说（如果说真有这样一种小说的话），以打破小说和电影剧本在文体学上的差异，进而打破虚构与非虚构的界限以及现实与超现实的铁幕。其实，早在1970年代我尚未出生之前，伟大的阿兰·罗伯－格里耶就已经在进行这方面的实验了。我只是在阿兰·罗伯－格里耶所定义的电影小说的基础上，增加了叙事的成分，并且吸收了他那混合着自传与虚构故事的《重现的镜子》（或是《昂热丽克或迷醉》，或是《科兰特最后的日子》）的写作技巧，从而使电影小说在挖掘叙事之可能的道路上走得更远。但是，每每想及自己

[1] 阿兰·罗伯–格里耶：《欧洲快车》（*Trans europ express*），余中先译，上海译文出版社，2012年初版，第6页。

受到阿兰·罗伯－格里耶如此深刻的影响，我就痛感于哈罗德·布鲁姆（Harold Bloom）所谓的“影响的焦虑”（The Anxiety of Influence）之折磨，竟至于手指痉挛到有些不能敲打键盘以便写下自己贫弱的记忆和肤浅的思考以及畏葸的实验。在阿兰·罗伯－格里耶和我之间，间隔着两个遥远大陆的两个文明体系那至今不可跨越的智力的鸿沟（而且这智力的鸿沟日益扩大）。

智力的鸿沟或许源自便于抽象思维的拼音文字与适合事物表象之感官描述的象形文字的发明。也就是说，象形文字是感官的产物，而拼音文字是思维的产物。当我们把基督教和伊斯兰教那超绝万物的唯一而又绝对的“The God”和“Allâh”译为“上帝”、“天主”或“真主”甚至“神”的时候，我们显然是降低了“The God”和“Allâh”的神之属性，使其具有拟人的物化倾向从而不再超绝万物，不再绝对唯一。[1] 象形文字没有阴性、阳性，没有严密的时态，没有精细的人称指代，这使其难以进行逻辑推理。为什么汉语文明没有创造出哲学（逻辑学和形而上学），没有创造出现代科学？这或许与象形文字先天具有的感官认知而非抽象思考的属性有关。

翻译是从一种符号向另一种符号的转化，但是，拼音文字在向象形文字转化的过程中，是否会造成信息的严重缺损呢？随着现代各门学科（数学、几何、物理学、化学、生物学，等等）的兴盛，象形文字几乎难以进行任何诸如公式演绎和定理表示这样的高智力思考了。

[1] 在《说文解字》中，“神”专指“天神，引出万物者也”，相对应着“地祇，提出万物者也”。这是一种二元论的世界观。

同样，一个民族的道德堕落是否与一种语言的长期腐化有关呢？[1]

作为一名汉语写作者，我却陷入语言学的困境（语言乃思想的家园），从而越来越悲哀地感觉到这种智力上的先天不足。

因此，关于写作，我总觉得力有不逮，但是，记忆如火焰喷薄，召唤着掌管文字的神祇，让我勉力而为，就像在荒原里的冰风暴之夜，为了活着回到温暖的家中而不得不逆风前行。

---

[1] 参考刘浩明著《荷尔德林后期诗歌（评注 卷上）》（华东师范大学出版社 2009 年初版）之《导论》第 142 页："从风格角度说，五四以后逐渐形成、新中国成立以来尤其盛行的所谓欧化文体的一个最显著的特点，是不必要地增加语法和句法的衬字衬词，这就造成语法上冗繁却言不及义；欧化文体在词汇上的特点是把常常来自英文的某个概念固定在某一个也常常是唯一一个大多来自明治维新后的日本的汉字词组上，既不考察这个来自英文或其他外文的概念本身的意义和适用范围，也不检讨来自日文新词的词组在中文的语言学和文学传统上的本义和色彩。"

II

十月的记忆在我的脑海里蜂拥而至。十月的山野，颇为荒凉，层层叠叠的梯田暴露在刺眼的阳光下，光秃秃的，那些在夏秋之季存活的小麦、玉米、燕麦和党参等农作物，在被农民刈割之后，就再也不能掩饰这古老大地持续已久的衰老和疲惫了。我站在山顶之上的古堡围墙上，对抗着强劲的西风，俯瞰着千年雨水不断冲刷而出的千沟万壑以及千沟万壑之间经由十几年的人工挖掘最终开凿而成的梯田。这些梯田是 1950 年代“后革命”或者说是“次革命”的产物。这是一次对自然的暴力革命。像人类历史上所有的暴力革命一样，短视与盲目导致了一系列的恶性循环。如今，大规模的水土流失，致使土壤失去肥力，气候愈加干燥，不得不退耕还林。“退耕”已经实现，因为越来越多的年轻农民离开农村，迁居城镇，而“还林”仍旧遥遥无期。经过了四十年左右的时光，随着当年的开凿者一一离开人世，关于梯田产生之前大地如何风光的记忆，已经不复存在。而我伫立的古堡，早已丧失了它曾经抗匪自卫的功用，如今连观赏的价值都已不存，因为很少有人光顾。由此，我怀疑历史，怀疑所有在纸上阅读的历史不过是书写者臆造的幻景，它跟实际的情况大有出入，也跟亲历者的现实很有距离。这也就难怪，在听闻杨家巴巴（巴巴，意为叔叔）——我电影中的一个主角——在诉说一个三民主义者——民族、民生和民权的信徒——在这古堡里被剿杀时，我的内心里不知为何突然翻涌起难以言传的伤感。

我们整个剧组成员先是乘坐租用的乡村巴士（巴士司机林海兵将会在电影里客串一个角色），沿着铺满沙石的乡村公路——公路两边的山沟里经常有雉鸡在做短距离的飞行——蜿蜒而上，越过一个又一个山头（稀稀落落的村庄散布在植被匮乏的山坳里），最终进入铺着柏油的公路。柏油公路就像山脉的脊梁一样，从东到西，贯穿起一个又一个或起或落的山冈和洼地。古堡坐落在公路边的山顶上。司机在靠近一片白杨林的空地上把车停住。剧组成员下了车。顺着一条仅容两人并行的土路，我们走向古堡。四面又高又厚的夯土墙围成一个正方形的空间。朝向公路的那面墙上，被人凿开一个大洞。我们鱼贯而入。古堡里长满了沙棘和白杨树。作为外景，有两场很重要的戏要在古堡的墙头上拍摄。就在我们走向古堡的土路上，杨家巴巴给我讲起了一个三民主义者被杀害在古堡里的故事。杨家巴巴——原名叫杨桂清——是个非职业演员。这也是他平生第一次参与一部电影的拍摄。年轻的时候，他表演过皮影戏。

有人喜欢说，皮影戏是世界上最早的电影。但是，皮影戏就是皮影戏，它与木偶戏同属一类，而电影，它是科技化了的戏剧。我在这里谈到的戏剧，又跟中国的戏曲有所区别。西方戏剧的源头一直要追溯到古希腊的悲剧和喜剧。埃斯库洛斯（Aeschylus）→莎士比亚（William Shakespeare）→拉辛（Jean Racine）→布莱希特（Bertolt Brecht）→贝克特（Samuel Beckett），这一个个伟大的戏剧作家创造了西方戏剧的伟大传统。随着19世纪科技文明的兴盛，科学和艺术（以戏剧为主体辅以音乐、美术和建筑）完美结合的典范——电影——诞生了。电影是西方文明的产物，就跟小说一样。

很多时候，当有人听说我是一个小说家时，总会急不可耐地向我倾诉他/她那自以为迥异于常人的冗赘经历，终了，他/她总会像个文学导师一样对我这文学之路上的小学徒说：写下我的经历吧，我敢保证这将是一本非常畅销的小说。我不得不这样解释：抱歉，我写的小说可能跟您理解的小说不是一回事。听者显得颇为诧异。我得继续解释：您理解的小说应该是中国的章回体话本那种，总是用第三人称和过去时态沿着时间的线性逻辑来讲一个世俗的故事，但我写作的小说，是一种属于欧洲的文明产物。它跟智力、想象力和道德判断力有关。它是关于时间和空间的艺术。它不仅仅是要讲述故事，而且还要发明一套讲述故事的语言体系。它属于经由一代又一代作家的反叛之反叛和否定之否定才最终完成的一个小说的历史。塞万提斯（Miguel de Cervantes Saavedra）的《堂吉诃德》[1]否定了贵族小姐寄托庸俗梦想的骑士小说，巴尔扎克（Honoré de Balzac）的现实主义写作否定了拉伯雷（Fran ois Rabelais）夸张怪诞的《巨人传》，卡夫卡（Franz Kafka）的哲学寓言小说否定了巴尔扎克的新闻报道式的现实主义，马尔克斯的《百年孤独》否定了法国的新小说派，博尔赫斯（Jorge Luis Borges）和卡尔维诺（Italo Calvino）用一种科学论文和数学演算的叙述方式否

[1] 根据美国著名文学与社会文化批评家莱昂内尔·特里林（Lionel Trilling）在《知性乃道德责任》（严志军、张沫译，译林出版社，2011年初版）一书中那篇题为《风俗、道德与小说》的文章之观点，“所有的小说都是《堂吉诃德》主题的变体。塞万提斯为小说设计了有关表象与现实的问题：社会阶层的变动和冲突成了知识问题的领域，涉及我们如何认知，以及我们的知识有多么可靠这样的问题。这些问题在今天这个特定的时刻依然引起了哲学家和科学家的颇多争议”。

定了故事性写作。一位在1980年代逃离捷克斯洛伐克的作家——米兰·昆德拉（Milan Kundera）——写过一本书，名为《小说的艺术》。他在这本书里明确地告诉我们："小说是欧洲的事功；小说的种种发现，尽管在不同的语言之中进行，还是属于整个欧洲。延续不断的发现（而不是书写的数量增加）造就了欧洲小说的历史。只有在这个超越国族的脉络下，一部作品的价值（也就是说一部作品的发现所产生的影响）才能全然被看见，全然被理解。"[1]

在我以职业化的工作方式写了三年小说（其间伴随着对西方小说经典的系统研究）的某一天，我对妻子说：中国人没有发明现代小说这种艺术形式。我那北京大学毕业的硕士生颇不以为然。其后不久，我妻子供职的研究院邀请2006年度诺贝尔文学奖得主奥尔罕·帕慕克（Orhan Pamuk）来访问并做一个公开演讲。作为一个生活在土耳其这个自从拜占庭时代（公元395—1461）以来一直就处于东西方文明的碰撞与交汇之国的作家，在考察并体验东西方文明的差异性时，奥尔罕·帕慕克显然要比我们这些生长在远东内陆之国的作家有着更为明晰的见识。他直言不讳地告诉演讲台下为数不少的中国作家和文学研究人员说：小说是欧洲文明的产物，东方诸民族虽然也创造了各种形式的叙事艺术，但是严格来讲，那都不能称其为小说。

同样，皮影戏，这粗糙的民间艺术，它跟电影完全是两回事。虽然皮影戏的表演者不是人而是牛皮剪出的皮影，但是，替皮影演唱的人其唱词和演唱方式，充斥着虚夸和造作。这种虚夸和造作在政治宣

---

[1] 米兰·昆德拉：《小说的艺术》，尉迟秀译，台湾皇冠文化出版有限公司，2004年初版，第12页。

传电影和电视剧里同样随处可见。“现代……已经取缔了出版商粗俗的、下流的私人娱乐活动，取而代之以同样粗俗的、下流的宣传机器。这种精心设计……是为了奴化半受教育大众的思想，最初是在英国和美国自由放任的体制下为了个人利益而发明的，现在它被那些利用这些精神工具者简单地照搬过来，并且为了他们个人的罪恶目的，利用电影和无线电加以强化。”[1] 而我那可怜的杨家巴巴多年以来能够观赏的，也只有这样的电影和电视剧。初次上镜时，他摆脱不了虚夸和造作的影响。我不得不一遍遍地告诉他，电影表演其实不应该叫做表演，而应该叫做呈现，也就是直接呈现你的经验和感受。为了表演，他把自己弄得紧张兮兮。一旦他学会——与其说学会，毋宁说回归——呈现，他就立刻变得轻松自如，让他自由发挥，说起大段的台词来竟然毫不打磕。

“杨家巴巴，就是这样，”我赶紧鼓励他，“就跟你刚才讲故事那样。那个被剿杀在这古堡里的三民主义者，他是谁？”

[1] 阿诺德·汤因比：《历史研究》（上卷），D. C. 萨默维尔编，郭小凌、王皖强、杜庭广等译，上海世纪出版集团，2011 年初版，第 293 页。

III

是的，我在故乡拍摄一部电影，一部独立电影。这是一部哀歌或者挽歌性质的作品。对我而言，最近十年来的城镇化运动（美其名曰“新农村建设”）几乎全部颠覆了中国乡村的家庭观念和伦理道德以及介乎迷信和信仰之间的泛宗教。当我有一天发现，自己在城市里其实是个异乡人的时候，我想返回故乡，结果却是，故乡已死。青壮年要么去大城市打工，要么就迁移到城镇，只有老人还固守着贫瘠的土地。这种固守不是因为热爱，而是迫于无奈，因为离开乡村的青壮年不愿意将老人带去城镇。这种不愿意，或许出于经济状况的窘困，或许出于道德的冷漠，或许两者兼而有之。在这种传统价值观全面崩溃的背景之下，漂泊在城市与乡村之间的我，以及我这一代出生于农村来到城市的中国人，成了没有故乡的人。但是，对于我这么一个信仰灵魂轮回和天堂地狱之说的人，当物理层面上能够安身立命的居所不复存在之后，我愿意去寻找一个超物理世界的栖息之地，恰好，脱胎于印度教有关宇宙始基的理论并且后来在佛教中延续下来的关于世界四大元素——地、水、火、风——的哲学观，能够为我这种形而上的求索给出一个合乎逻辑的答案。有意思的是，在北欧那寒冷的土地上，居住着一种名为爱尔菲（Elfe）的精灵，祂象征着地、水、火、风等元素。于是，我就试着以“地、水、火、风”这四大元素来结构这部电影，并以此为主题，探讨死亡的现象与本质。从这个意义上讲，《我故乡的四种死亡方式》其实是一部哲学电影。另外，由于电影的叙事一直保持在一种意识流的层面上，现实与幻象频繁交叠，这就使得电影又像是一部诗电影。总而言之，这是一部完全独立的作家电影，不受任何政治和商业的染污。

为了裸裎乡村与土地的粗粝（还有一个很重要的原因，是为了省钱），我用了非职业演员。在此之前，他们不知表演为何；在此之后，他们也不知表演为何。我所需要的，只是让他们再现一贯悲凉的生活和感受。没有化妆，没有灯光，于是，也就没有修饰，有的，是裸裎。这种裸裎，仿如利刃，毫不留情地切开被政治宣传伪饰的假面，从而暴露出脓血与肿块之下潜隐多年的质朴与真诚，就像地层掘开，露出蓝色的矿脉。

Ⅳ

黑幕。渐次出现一行行引自《奥义书·第二梵书》的诗句：

一个人死后，身体回归地，
汗毛回归草，头发回归树，血液和精液回归水，
言语回归火，
眼睛回归太阳，思想回归月亮，耳朵回归方位,气息回归风。
此时，这个人在哪里呢？

诗句消失。在一种阴冷的暗色调的背景下，一个民谣歌手坐在河边唱歌——

哎，花儿嘛离不开黄河
尕妹妹你就愁啥哩
尕妹妹你就没愁头
要放开了嗓子者唱哩
哎，尕妹妹你就愁啥哩
尕妹妹你就没愁头

要放开了嗓子者唱哩

在民谣歌手的身后，灰蒙蒙的天空映衬着高楼大厦和新建的跨河大桥。这个城市变得越来越鲜亮，同时也变得越来越恶俗。这是我最近几次来到这个城市的观感。但是，它以前就不恶俗吗？十年前，我在这个重度污染的军工业城市念大学，然后在一家报社当过一年记者。大学生活死气沉沉，而且还带着一种前工业时代的浓重的土气。毫无特色的校园文学充斥着矫揉造作的伪浪漫的抒情和大而无当的口号，比如说什么“扛起鲁迅的大旗，摈弃形式主义”之类，而会员逐年流失的文学组织则充满了官僚主义的权力斗争。大学毕业以后我浅涉辄止的文学圈，更像是一摊人性污秽的泥沼。处处都是明争暗斗和权钱交易，处处都是道德败坏的典型。以诗人的名义担任某文学杂志的主编对女同事频频施以性骚扰。一个在大学校园主编着一份无聊小报的人写出一本浅薄的性心理小说然后摇身一变就成了性学专家。一个专写官场小说的人，他不是站在批判者的立场，而是以婉转的笔调为众所周知的丑恶歌功颂德。至于新闻，则无从谈起。这个城市没有职业的新闻人，有的是以新闻记者的面目向官员谄媚并对公众蒙蔽真相的政客式的文字工作者。这个城市其实就是一个后极权时代的社会缩影。

我那电影里的主人公——女大学生尕桂——是否就像现在的我一样，对于这人性污秽的泥沼痛恨不已，继而，她决定出走，返回故乡，寻找自己的精神之根呢？但从她走向河流准备自杀的举动来看，似乎又不像。似乎她无意再去寻根。似乎她已经知道她是一个根源灭绝的人。因此，她决意走向死亡。

河岸边块石堆垒。在两根木桩之间，系着一根绳子。一只母鸡双脚绑着被倒吊在绳子上。一只母鸡？这是个隐喻性的画面吗？这个场景的设置是否与一幅摄影作品有关？从捷克斯洛伐克流亡法国的摄影师约瑟夫·寇德卡（Josef Koudelka）1975年摄于爱尔兰的一张照片：广阔田野的麦芒上一只倒挂的大鸟，像是野雉之类，捆缚大鸟的绳索将远处的地平线和晦暗的天空切割成三个三角形。鸟，指向女性的生存状态。被缚，无助，使得生命陷入了一种永久的被动性。尕桂走到母鸡跟前，解下了捆缚它双脚的绳索，将它放在地面上。释放。解脱。自由。或者，一只鸡的解放仅仅暗喻着人的一个梦想。

如释重负一般，尕桂走向河岸。

民谣歌手的歌声像背景音乐一样，淡淡地响着——

哎，黄河嘛离不开雪山
尕妹妹你愁啥哩
尕妹妹你就没愁头
要擦亮眼睛了看哩
哎，尕妹妹你就愁啥哩
尕妹妹你就没愁头
要擦亮眼睛了看哩

尕桂将书包里的书倾倒在身边，开始一本本地撕书。那些掺杂精神毒素的书本残破的书页随水漂流。就在最近，网络新闻报道了某中学参加完毕业考试的为数众多的学生，站在教学大楼的阳台上，集体撕书。雪片一样的纸页飘落在教学楼前的空地上。我让电影人物尕桂发泄着我青少年时代的愤懑。继而，尕桂走进了河流。冬天的河水异常冰冷，甚至说有一种透骨的寒冷。我们事先给演员穿上了贴身的潜水服，并在手腕和脚踝处用胶带封死。她只在水里躺了一会儿，就开始发抖。

民谣歌手停止了歌唱，凝望着走向河流的尕桂。好多年来，除了风霜雪雨，他都要在每天的午后到河边练唱。这一带的河岸远离市区，所以人迹罕至。夏天的时候，河水暴涨，淹没了宽阔的土地，待到秋天之后，水位下降，一大片湿地露出水面，但是很快就被茂密的芦苇覆盖。因为人迹罕至，所以愿意到这里来的人，要么是来自杀的，要么是来灭尸的。这么多年来，他已经见多了尸体。跟他一样熟悉这块河岸的，还有一位热爱游泳的老人。即使在冬天，老人也不放弃自己的爱好。有好几次，民谣歌手劝告老人别再游泳了。河水被这座城市里的三个化工厂污染得很厉害。老人不听。他执着于游泳，执着于抢救跳水自杀的人，同样也执着于打捞那些拴着石头沉在河底的尸体。此时，这位老人刚刚结束冬泳，正在距离民谣歌手不远的地方抱紧臂膀，浑身哆嗦，上下两排牙齿相互击打，发出咳咳咳咳的脆响。他坐在一块石头上晒太阳。一层晶莹的水珠披挂在他那古铜色的皮肤上。

河床并不平坦，因为布满了巨大的石头。一个趔趄，尕桂摔倒了。河流的力量将她紧紧拽住。污浊而腥臭的河水迅速漫过她的脖颈，漫过她的脸庞。她努力睁开眼睛，想要透过河水看看天空的颜色，可是，天空的颜色消失了。浑浊的河水封锁了她的视觉，也堵塞了她的听力。她感到一阵窒息的快乐，像自慰时高潮来临之前的颤栗。然后，与其说是幻象（是幻象吗？），不如说是景象（是景象吗？），与她的感觉神经（并非仅仅是视觉神经和听觉神经）相碰撞，从而激荡出灵魂在瞬间觉醒的火花。她看见另一个自己踟蹰在一个无色的世界里。一个个物体在她的凝视下逐渐成形。山呈现出山的样子，故乡的河流呈现出河流的样子。她踩着云朵一样的土地，轻飘飘地走着。河水无声地流淌。

我必须在电影里构筑出这一既是幻象又是景象的场面——

深暗而诡异的色调，仿佛颜色呈现病态。尕桂的背影。她向无声的河流走去。那是故乡的河流。对面赭色的山坡上，一株枯树黑色的枝条仿佛水底动物的触须。尕桂身穿蓝色长裙，上身套一件灰色毛衣。她在河边停住脚步。长久的伫立。然后，尕桂缓缓举起一个鱼缸。鱼缸里躺着一只沉睡的虎皮鹦鹉(沉睡还是死亡？)。鱼缸齐眉。透过鱼缸，是尕桂的一张脸。透过鱼缸，是尕桂那一双因惊惧而睁大的眼睛。她看见另一个自己，穿着同样的蓝色长裙和灰色毛衣，正躺在故乡的河流上。四十九只相思鸟沉睡在她身周的水面上。就在此时，一个哈萨克男人唱起了一首古老的摇篮曲。睡吧，孩子……孩子，睡吧……她环顾四周，没有色调的世界里同样没有人影，这使得歌声就像一团空气。被歌声唤醒的四十九只相思鸟从宁静的梦中醒来，扑腾着翅膀，啁啾着，喧啄着，纷纷飞离宁静的水面，但又没有急切地离去，而是一边啁啾，一边绕着躺在河面上的尕桂慢慢地飞。四十九只相思鸟的飞翔拨动了宁静空气里某一根隐形的琴弦。于是，一个苍老的声音破空响起："尕桂，透过故乡的河流，你将看到你自己的一生。"尕桂想要知道这是谁的声音，可是她的记忆仿佛已经冻结。感觉像是过了很久，她才猛然想起，这是父亲的声音。

对于岸边的歌手来说，时间也就过去了几秒钟，但对水中那猛然抬头的尕桂来说，却像是过了一生。她轻松自如地站起身来，湿淋淋地爬上河岸。她几乎没有注意到有个民谣歌手在短暂的停顿之后重又开始了歌唱——

哎，雪山嘛就离不开云彩
尕妹妹你就等啥哩
尕妹妹你就没等头
阿哥哥的心尖尖上疼哩
哎，尕妹妹你就等啥哩
尕妹妹你就没等头
阿哥哥的心尖尖上疼哩

在歌声里，热爱游泳的老人又一次走进河流，准备游到对岸。

这是一首模仿西北民歌“花儿”创作的新民谣。最初设想这个场景的时候，我想邀请民谣歌手张佺来演唱一首被我改动了歌词的更为粗粝的新民谣——

早知道黄河的水呀干了，
修他妈的那个铁桥了是做啥呀哩，
早知道尕妹妹的人呀走了，
唱他妈的那个歌儿了是做啥呀哩；
早知道天上的水呀干了，
种他妈的那个庄稼了是做啥呀哩，
早知道知识早就没有用了，

上他妈的那个大学了是做啥呀哩；
早知道春天的水呀干了，
种他妈的那个花儿了是做啥呀哩，
早知道尕妹妹的人呀走了，
唱他妈的那个歌儿了是做啥呀哩……

但是，张佺居住在云南大理，他的乐队成员又在北京，而我没有多余的经费邀请他们赶来兰州的黄河边演出，于是，我只好求助于一位奇人L。他因小儿麻痹症而瘸。在兰州的新闻业刚刚兴起之时，他成了一家报社的聘用记者，领取着微薄的薪酬。在此之前，我相信他是个文学青年，像他那个时代的大多数同龄人一样，写作过生涩的诗歌，弄不好还模仿过当年颇为流行的诗人汪国真和席慕容（啊，现在想来，这是多么幼稚而遥远的激情！）。有一天，他辞职，开始追随并侍奉一位颇有名望的藏地"活佛"。据他所言，后来，听从了"活佛"不许他出家为僧而是要他潜行俗世的指谕，他开始四处化缘，回到乡村，修复那在"文革"期间被毁的佛教寺庙。如今，他拥有某县政协委员的头衔，拥有高级越野车和专门的司机（同时还兼任侍者）并有大批老板弟子在追随。早在十年前，我那些在俗世里博取功名利禄的朋友就曾向我说起过L的传奇。这一次，L慷慨相助，帮我邀请了民谣歌手李建傧来一次友情出演。

如果没有小说家阎海东的质疑和建议，我会设计出黄河边的歌手这一幕吗？因为这一幕的设计，导致了主人公尕桂的自杀与幻觉。这一切是如此的诗意盎然，与整部电影的格调保持了内在的一致。而我早先关于尕桂的命运是这样设想的：她是因父亲肝癌病发而被迫辍学的大学生，为了给父亲治病，她去寻找在大城市边缘的贫民窟卖淫的姐姐，走出汽车站时，她看见一位盲人歌手（本来想找民谣歌手周云蓬来扮演）背靠着一棵柳树，一边弹拨着吉他，一边唱歌……庸俗！对，我陷入一种庸俗。过于写实的故事，无力揭橥精神世界的痛楚，也破坏了以“地、水、火、风”来结构电影的诗意。但我之所以如此设想，是因为我在拍摄电影之初想起了我初中时代的女同学 G。

G 和我一样，热爱文学。对于生活在中国西部贫困乡村的孩子，热爱文学是一种很奇怪的事情，尤其是热爱现代诗歌。二十多年过去了，我仍然记得她那白皙的、胖乎乎的面孔，她那肉嘟嘟的嘴唇，她那在谈论文学时流光溢彩的眼睛。初二那年的夏天，G 辍学了。有同学收到过她寄自某个遥远城市的信。遥远的城市，是的，对于我们这些自幼生活在大山里的孩子来说，城市遥不可及，仿佛就在地球的另一面。当时，我也濒临辍学的边缘。父亲远在新疆，杳无音讯，而我自己陷入了一段朦胧但却焦灼的初恋。突然有一天，我就获知，G 死了，死在遥远城市一个卖淫的发廊里。死因：轮奸。这消息不啻为一道邪恶的闪电，击穿了我所有的道德信念和人生理想，也击溃了伪善而虚假的学校教育。从此，我不再信任课本和老师。于是，我接着沉沦，更为彻底，更为决绝，更为不可救药。幸运的是，那时候我们的乡村还没有像现在这样，出现毒品、性和艾滋病。那时候，没有电视，没有色情录像，僵硬而刻板的性禁忌制约着我们的性幻想和性道德。十多年之后，我在德格县城和我少年时代的小情人（如今她是故乡小镇上一个网吧的老板娘）通过网络聊天时，她才用伤感并且带着遗憾的语气说：我们还欠一个吻。紧跟这个“吻”字的，是一个红润嘴唇的图案。

V

我已听到太多的抱怨。攻读博士学位的朋友抱怨说中国的学术研究大都是在造假，申报的研究课题和发表的学术论文要么剽窃自西方学术刊物，要么就经不起实证的考验，而大量的研究经费却被学者贪污。我告诉他，那你就更应该远离那些空话连篇的学术会议，去做出你的研究成果。文学爱好者抱怨说阅读中国小说还不如打开网络新闻，因为那些耸人听闻的新闻事件一次又一次地刷新着人类的想象力。中国人让世界惊讶！如果列夫·托尔斯泰（Lev Nikolayevich Tolstoy）和陀思妥耶夫斯基（Fyodor Dostoevsky）生活在这个时代的中国，我揣度，这两位现实主义的文学大师估计也会对自己的文学事业不再拥有那样的自信。为报复社会，男子闯进幼儿园刺杀多名幼童；或者，两岁女童惨遭车祸后，十余名路人从其身边经过，却无一人援手；再或者，某官员以在2015年之前睡足1000个女人为其奋斗目标，并在性爱日记里贴上100多位情妇的阴毛以作纪念，等等等等，还有什么样的新闻事件不让"非常情爱派"作家和"1号官员派"作家感到写作疲软呢？噢，朋友，别再抱怨了，你就把买房买车的钱省下来，辞掉那份无聊的工作，找一个安静的地方，安安静静地写出一本杰作来。观看了很多盗版电影光碟的朋友抱怨说中国的电影虚假、无力、毫无想象力。OK，那你有没有本事去拍一部真实、有力、充满想象力的电影呢？

我早已听够了这些小布尔乔亚没完没了的抱怨。他们穿着印有切·格瓦拉（Che Guevara）头像的T恤，他们阅读着杰克·凯鲁亚克（Jack Kerouac）的小说，但是，正像乐评人张晓舟在一篇随笔里写到的那样：“我们之所以热衷于谈论切·格瓦拉，不是因为勇敢，而是因为怯懦；我们之所以热衷于谈论杰克·凯鲁亚克，不是喜欢上路，而是喜欢赖在床上。”够了，从现在开始，停止抱怨，停止犬儒主义的逃避和不作为，写出好小说，拍出好电影，做个好公民，并以非暴力不合作的方式反抗体制性的暴力。

VI

重庆总是那么潮湿，总是雾蒙蒙的，让人心情抑郁。我在几乎与世隔绝的状态下写了三年小说之后，又一次以某新闻周刊摄影记者的身份，介入社会。不是萨特（Jean Paul Sartre）所谓的文学的介入，而是新闻的介入。面对社会改良，我觉得新闻要比文学更为有力。这三年的写作实践以及中国的出版现实显然证明，文学拒绝萨特先生的“介入”，尤其是虚构性文学，比如小说。天然具有介入性质的文字，非新闻莫属，虽然新闻也有审查制度。

我在贫民区一个楼梯过道的墙壁上贴满了小广告的居民楼里找到了“文革”武斗时打过巷战的李木森。他写了一部1960年代重庆派系武斗的回忆录。造反派和保守派都以保卫毛主席为名，并以毛主席语录为圣经，动用步枪、榴弹炮、高射炮和坦克彼此杀戮。

相比之下，法国巴黎“五月风暴”里资产阶级和小资产阶级出身的少年们，你们虽然也自称为“毛派”，阅读“毛选”，并在床头张贴毛主席像（就像如今的青少年挂在床头的影星或足球明星的招贴画一样），你们走上街头，去造官僚主义的反，并在造反中思考：

A. 消费社会不得好死，异化社会不得好死，我们要一个新的独创的世界，我们拒绝一个用无聊致死的危险去换取免于饥饿的世界；

B. 直到用最后一个资本家的肠子勒死最后一个官僚之前，人都是不自由的；

C. 不要改变雇主，而要改变生活的被雇佣；

D. 行动一定不要是反应，而是创造；

E. 禁止去禁止；

F. 我持有对现实的愿望，因为我相信我的愿望的实现。

但是，红卫兵和造反派却不是以非暴力的游行示威而是以其他方式来实践暴力美学。又一次严重的历史倒退。那些愿意批判并勇于写出独立思考的人，如顾准，如林昭，如张志新，则不得不死于残酷的监禁和秘密的刑场。

我翻阅着李木森的武斗回忆录。回忆录用钢笔字一丝不苟地誊写在没有横格的8开白纸上。字里行间看不到武斗的细节，也缺乏必要的数据，更不会有忏悔和反思。中国人根深蒂固的愚忠和轻贱生命的恐怖，反而以天真和革命的浪漫主义予以美化。这种自我美化就像吸食鸦片一样。阅读这部十多万字的回忆录，尤其让人难以忍受的是他在字里行间填充着数不胜数的、罗兰·巴尔特（Roland Barthes）所谓的"砖块"，也就是说，"整个话语似乎沿着一种陈词滥调（"演讲" 和"套语"）的路子前进"。[1] 丑陋不堪的"砖块" 遍布在官方语言和民间语言中。看看官员的演讲词和会议报告，看看小学生作文，你就不难理解一种语言的腐朽，已经达到

[1] 罗兰·巴尔特：《中国行日记》，怀宇译，中国人民大学出版社，2012初版，第24页。

了多么惊人的程度。这本武斗回忆录之所以还能引起我的阅读兴趣，则是由于透过堆垒的“砖块”，我隐约看到我父亲的影子。串联，重走长征路，作为毛主席的客人乘坐免费火车奔往天安门广场朝觐。武斗。然后是“军管”，直接干预武斗事件。我父亲在陇西县组建的中学生红卫兵组织——红师和当地民众组建的造反派——陇师，经过一场殊死的战斗，两败俱伤。（高中时代，我和几位同学租住在校园附近的农民家中，我那古道热肠的女房东讲起过县城中心的鼓楼周围的红卫兵尸体在夏天的烈日下发出阵阵恶臭。）陇师重新聚集力量，准备秘密轰炸红师根据地——陇西第一中学校园。我父亲小学时的班主任徐先生获悉此一消息，将我父亲叫到他的家里。两人彻夜长谈。第二天，我父亲偷偷回到生他养他的小山村。但是，陇师已经发出追杀令。只有参军入伍，远离陇西，他才能逃脱追杀。我那历经战乱之苦的祖父坚持认为，当兵就要打仗，打仗就要死人，而我父亲是他的独子，承担着传宗接代的神圣使命。作为妥协，我父亲答应和我母亲结婚。一桩没有爱情的婚姻从此把暴力——争吵、对骂和殴打——带进了家庭，并且影响了我原本快乐的童年生活。婚后第二天，我父亲离开了陇西，在陕西铜川一个炮兵师驻地度过了三年时光。此后，他还将经历很多变故，人生也变得越来越没有快乐，但他一直保持着忠于毛主席的鲜亮红心。如果不是他沦落到了社会最底层，如果不是他对曾经的信仰彻底失望，那张旧了换新新了变旧的毛主席大幅画像不会在他六十多岁的时候终于从家中那面最显眼的墙壁上被撕下。

“我父亲和我母亲也参加过重庆的武斗，”H开着她的“沙漠王子”在送我去机场的路上对我说，“他们如今回想青春时代，总是感觉荒诞无比”。

“也许当我们老了，回想青春，同样也会觉得荒诞无比。”我扭头望着她说。她瞟了我一眼，好一会儿都没有说话。“沙漠王子”穿过薄雾。隐约的阳光透过玻璃车窗，照亮了她鼻梁上细碎的雀斑。她有着一双绝大多数中国人不具备的大眼睛。黑色的眼珠在白色皮肤的映衬下，显得更黑也更亮。我们就这样静默着，彼此不说话。她专注地开车，我偶尔打量一下她。她的黑色套头毛衣。她那高耸的胸脯。她那匀称的身材。作为一个四十岁左右的女人，她依旧保持着少女的风韵。有时候，我也暗想，她可能有着强烈的性欲，并且在床上一定会充满激情，但我迅速克制住这种自我感觉有点不洁的思想。自从我们在2004年相识于拉萨，我们一直以姐弟相称。男女之间，一旦有了这种亲情（即使是在名义上的），如果再有关于性方面的联想，就会产生一种乱伦的羞耻感。

候机厅那丑陋的巨大建筑遥遥在望。为了摆脱心中的羞耻感，我说："抵抗荒诞的方式有两种，一种是宗教信仰，一种是艺术。当然，在法国作家加缪论述荒诞的哲学文章《西西弗的神话》里，没有提到宗教信仰。但我认为，在抵抗荒诞对生命造成的那种虚无感时，宗教信仰要比艺术更有效，也更长久。"

H又一次瞟我一眼。她的眼神里没有内容。也就是说，在我看来，她对我的观点既不表示赞同，也不表示认可。这使我有点失望。我有足够的理由让自己相信，H是不会让我失望的。

机场已到。H停下了车。她转过身来，左胳膊搭在方向盘上，注视着我。“好几年来，我一直想帮你实现一个梦想。说吧，你想做什么，钱的事情你不用考虑。”

VII

清晨。大雾。一片赭黄色的土地。我的四舅姥爷史天生神思恍惚地走着。他走路的动作僵硬而怪诞：右臂紧紧地贴在身侧，左臂则随着步伐做出剧烈的、大幅度的摆动，而他的步伐却是缓慢的，甚至可以说是迟滞的。他觉得自己的眼睛既模糊又清晰，因为他看不清脚下的土地，但他却看见梦中之神那如炬的目光紧盯着他，这使他有些慌乱，从而想要说些什么，以便安慰自己。他张嘴说出了一串话语："那年头嘛，全中国放卫星着呢，都跟着农业学大寨着呢，人正挨饿着呢，肚皮贴脊梁着呢，神都受罪着呢，该砸的砸着呢，该烧的烧着呢……"从他嘴里吐露的话语经过风的传播，进入他的耳朵。但他不相信这话是他自己说出的，因为他原本想要说出的是另外的话语："树木只能变成开花的火焰，人只能变成言说的火焰，而动物，那遍布天空和大地的飞禽走兽，只能变成飞翔和游走的火焰……"不知道是在梦里还是醒着，我的四舅姥爷史天生停下摆动的右臂，伸手摸了摸左边的半个身子，确信自己摸到的是一截朽木，那朽木因为梦中之神一个刹那的目光引起了飞溅的火花。他听见有嘈呿的话语从那梦中之神的头颅里发出："树木只能变成开花的火焰，人只能变成言说的火焰，而动物，那遍布天空和大地的飞禽走兽，只能变成飞翔和游走的火焰……"我的四舅姥爷史天生有些心慌。四顾茫茫。他举目遥望，只见远处的河流汹涌而上，冲决了石砌的堤坝，漫过了荒芜的田野。他看到那梦中之神面目模糊，行走在饿殍如萍的水面上。就在此时，一头公羊挡住了他的去路。他站定，凝神，想要把公羊看个清楚。可是，他什么也看不见。他觉得自己突然瞎了。这使他有些惊慌。他连忙闭上眼睛。这时，他听见有人在说话。

起先，我的四舅姥爷觉得公羊在说话，但是，传入耳中的话语却像是某个他很熟悉的人说出的。于是，他睁开眼睛，想要看个究竟。这一次，他的眼睛像是被洗过一样，格外明亮。他看见自己身穿羊皮大衣，戴着一顶藏青色的带檐儿的帽子，坐在七面生根于大地并且持续增长的大立镜中间。每一面镜子里都有他的一个映像。每一面镜子相互映照，从而显现出无限多个史天生。这无限多个史天生反复诉说着多年以前的一个梦。

VIII

政治会议好像已经成为人们的日常事件。总有领导和干部在写满标语的横幅下拿腔捏调地说话。空洞的言辞，僵硬的语气，夹杂着稀屎一样的哼哼啊啊。1980年代之后，电视普及，更为密集的讲话（空洞，僵硬，虚假，模棱两可），像病毒一样侵袭了平民百姓的日常生活。我的四舅姥爷被这种病毒给污染了。面对摄影机，当我喊出“一、二、三，开拍！”时，我那可怜的四舅姥爷换上了官员的语气，仿佛一个官员的阴魂附体。我不得不喊“停”。最后，我父亲趴在摄影机的镜头下面，与我四舅姥爷交谈。被污染的言辞终于消失了。他恢复了一个灵媒的自信，恢复了一个人在诉说自己的真实经历而不是编造谎言时的那份沉着冷静。

他说：“……后头么，黑了就梦着，一个老人么，中途路上走着哩。中途路上一个小房子，房子里一个土坯子的莲台。我跪下。一个老汉说：‘起来，去吧，你以后就好了。’不多日子么，黑了又梦着，河湾里看得见的那山根底下一片田，田里一帮羊。我跑着去撵羊哩。前面崖头上的路宽得很，没想到归来时路却没了。扳住崖头，我就掉进了水里。掉进水里头么，水就齐脖项上淹着哩，刚是口里没进去。我就淹在这河湾里不得出来。望过去，河湾里走过来一个大个子的男人，一身儿青，扎着裹腿，戴着毡帽。等他到了河边时，我就从水里自个儿游出来了。第三天么，家里人在炕眼里烧了颗洋芋。吃了这颗洋芋，我就吐开了。自此，一觉病就重得很。重得很么，也就叫了艺人来疗诊。艺人一来也就有病了，而我就病得更重了。我二哥到附近庙里要了一个签。签上说：好着哩么，三条龙把你保着哩么。老父亲就说，一条龙把他一个放羊娃保得住么还三条龙。到了三十岁上么，有时候我就犯病了，总是昏昏沉沉，不知道口里说的是什么。到了农历的正月十五，神就把我拉上了山。在路上，也就黑一会儿的明一会儿，不知道嘴里说的啥。到了知道的时候，发现自己在山旮旯一个一膀子宽的窑窑里。我看见里面立着三个纸牌牌。我也不识字么，只看见有人在烧香。这是十四的晚上。十五的下午，我叫了本地的一位老人，向神请示。这里庙上的神，也就是关爷，要我给人看病，看病……”

我的四舅姥爷讲到了“三反五反”，讲到了把农民的私有土地和生产资料收归国有的人民公社化运动，讲到了1958—1960年的大饥荒。几乎每家每户都在死人。每家每户的门板被卸下来搬运尸体。而搬运尸体的人越来越少。有人开始虐杀自己只有几岁的子女，将其煮食。我的四舅姥爷忍受着饥饿的折磨，为生产队放羊。起先，羊只有十二只，两年后，羊繁殖到了两百多只。好运气在那晦暗无比的年代追随着他。就像在神奇之书《百年孤独》里的奥尔良诺第二一样，我那惊讶于母羊的疯狂繁殖而呆坐在山坡上的四舅姥爷面对着遍布山坡的羊群，发出了和奥尔良诺第二几乎一模一样的感叹：“别生了，母羊啊，别生了，生命是短促的……”

IX

我希望我的四舅姥爷在电影里重现他初为神媒时的场景。他很快就领会了我的意思，并且在试镜时表现得自然大方。那场让他坐在七面大立镜中间所做的独白，在我听来，有如史诗。他双腿盘起成佛教僧侣的跏趺坐，然后娓娓道来，用的是陇西方言。在我写作的电影剧本里，在本该写上这一段独白的地方，我只注明：请演员自由发挥。面对镜头，在长达十多分钟的独白里，我的四舅姥爷没有片刻的犹疑和停顿。这说明他对自己所讲述的内容有着充分的信任，即使这些内容在我们看来是多么的非现实，多么的魔幻。实际上，被书本知识污染过的人，尤其是被庸俗唯物主义污染过的人，大多都有一颗极其坚固的头脑。这颗坚固的头脑拒绝承认一切他所没有经历的事情。我们很容易把自己的经验扩大化，而将别人的经验狭窄化。

很久以前，我就多次听闻我的四舅姥爷作为神媒的奇迹。给我讲述这些奇迹的人有我父亲，也有我母亲。我父亲作为 1960 年代受过完备中学教育的小知识分子，他的讲述总以一个疑惑结尾：“看到这样的现象，我实在解释不了。”但他会将他的亲眼所见和盘托出，以供我研究。即使在他亲眼目睹着奇迹的时候，他也是带着质疑的眼光，这就使得他向我讲述时，尽量使那些奇迹平庸化，而不是将之扭曲或者夸大。我母亲是个文盲，但她无疑是个口头文学的大师，有着缜密的思维和将细节描述清晰的本领。当她讲述一个人的事迹时，她就像平时在鞋垫上或是枕套上绣花一样，遵从主要事件的脉络，但又时时旁逸斜出，涉及更大范围的因果之网。通过她的讲述，你会发现，这个世界就像印度上古神话中的因陀罗之网，由无数的线路交织而成，每个线路的连接点都是一颗钻石，每一颗钻石都有无数的面向，由此形成一座无限宽广的镜厅。

当H出于对我的信任，投资让我导演这部极小成本的独立电影之前大约有一年的时间，我一直在为电影的正式拍摄做着必要的准备：采访，调查，确定演员，勘察外景，完善故事，写作剧本，寻找有志于拍摄独立电影的摄影师、录音师、执行导演、美工和场记等，以便组建一个非商业的、有着艺术理想的剧组（因为没有太多的钱）。我是在和摄影师黄笑语和执行制片人方方一起寻找外景的时候，第一次见到了我的四舅姥爷。他有着一张在西部干旱土地上难得一见的圆润的面庞。如果他不留胡髭的话，他会比他周围的同龄人更显年轻。但是实际上，他已经六十多岁了。一看到他那双细长的、眼角稍微翘起有点像双眼皮但又像单眼皮的眼睛，我就认出了我母亲家族的遗传讯号。这个家族素以盛产巫师、通灵者、神媒和占梦者而著名。我有幸从我母亲身上遗传了少许以梦预知未来的本事，但这个本事给我带来的不是快乐，而是烦恼，因为你一旦提前获知将要发生的不幸，而你对此又束手无策，接下来的好几天你都会倍感焦虑。很长一段时间以来，我都渴望着有人能传授我一种破解灾难的咒语。但是，这样的咒语是不存在的。

对于出演神媒这一角色，我的四舅姥爷欣然接受。不过，他并没有理解电影是什么，也很难理解电影拍摄与电视台的新闻采访拍摄有什么区别。他只是信任我，同时，他也希望能把自己这三十年来与神交往的经历记录下来。当然，怀着小小的虚荣，或者说一种不小的野心，他想让那些崇拜他的农民坚固崇拜的信心，因为我在故乡，素以大报记者的身份而颇有名气，由我来拍摄他，则在某种程度上带有官方性质的肯定与承认。在中国，记者（尤其是像我这种曾经供职于《南方周末》或其他一流媒体的记者）代表着一种超越地方官僚的权力，而巫师、通灵者、神媒和占梦者一直以来都被官方定性为封建迷信的传播者。我四舅姥爷这种流行在民间的带有萨满性质的类宗教活动（或者说灵智活动），在经过“文革”的摧残之后，一直处于半隐蔽的状态，而官方对此既不予以鼓励，也不加以约束。但是，“文革”的暴力记忆深深地铭刻在人们的意识里，这使得像我四舅姥爷这样的人总是心有余悸，并为自己的身份怀有疑虑。神却需要他。神以自己的超自然力量令他信服。果真是神以超自然的力量令他信服吗？抑或神灵只是他的一个幻念，甚至是他用来诱惑民众的工具？

X

那好吧，就让我们用电影镜头来重现我的四舅姥爷史天生第一次被神灵附体的情景。当时，他被神带离自己的村庄，在秋末冬初那开始显得荒凉的山路上行走。山洼里还有少许杏树和酸梨树被霜染红的叶子残留枝头。他顺着一条蜿蜒曲折的山路一直向上。有人在地里挖党参或是捡土豆时，看到他像在梦游一样。他们冲他喊话，但他充耳不闻。他们以为他疯了。那是个盛产疯子的年代。那时候没有精神病院来收容精神病患者并对他们实施治疗。就像我的四舅姥爷在上一个镜头里独白的那样，他来到山顶之上的古堡前那片树叶脱尽的白杨林。风在白杨林里穿梭并且呼啸。由沙棘组成的灌木丛非常茂密。金黄色的沙棘果堆满了枝头。他摘来一把沙棘果，放进嘴里，慢慢地咀嚼。又酸又甜的果汁在他的舌苔上翻滚，令他食欲大开。但是，在他身周，没有别的果实。他不得不大把大把地吞咽沙棘果。一种力量凭空而至。他觉得自己被排挤出了肉体，一个神灵居住其中。这会儿，他又开始头脑昏沉。神的力量将他牵引着，走进古堡，钻进古堡墙壁上开凿的一个窑洞。地面上满是浮尘。他就地躺卧，很快便倦极而眠。他梦见自己盘腿坐在七面大立镜中间，讲述着三十年后某一个秋末冬初的季节，一个名叫腊梅的十二岁女孩走过一个又一个山冈，不停地呼唤着：

“热卡亚——热卡亚——”

热卡亚是谁？腊梅没有告诉，她只是在不停地呼唤，不停地寻找。

腊梅走过白杨林。一条通往古堡的小路带她穿过沙棘组成的灌木丛。她看见有个人站在由两面古堡墙壁形成直角的那一处墙头上，迎着风，朗诵着诗歌。风鼓胀了他那一袭黑色的、长及膝盖的风衣。白色的围巾像大鸟扇动的翅膀。也许他就是那位著名的乡村诗人。风把他吟诵的诗歌四处散播。腊梅经常听人说，有个长年累月在各个村庄流浪的乡村诗人不停地吟诵着一首诗歌。有人还说，那乡村诗人对于人世间的一切可以未卜先知。腊梅想要知道她那心爱的热卡亚去了哪里。于是，她跑动起来。沙棘带刺的枝条抽打着她那双用猪皮做的劣质的红色靴子。她钻过古堡的门洞。一条被羊群踩踏出来的小路通向古堡的墙头。墙头上稀疏的野草随风摇动。乡村诗人没有注意到有人走近，因为他全神贯注于吟诵诗歌：“将要开始的时候，大地一片黑暗，没有太阳，没有月亮，也没有星辰，自身发光的人类在自由飞翔，他们张开双臂，像鸟的翅膀一样……”

腊梅手脚并用，颇为吃力地爬上墙头。她直起身子，在距离乡村诗人仅有一步之遥的地方站定。越过乡村诗人瘦削的双肩和那一头凌乱的长发，她看见被千万年的雨水冲刷而成的沟壑就像老祖母脸上的皱纹一样。一群乌鸦呱呱叫着，在那稍带烟岚的夕阳里盘旋。腊梅刚想冲着乡村诗人的背影发问，乡村诗人却突然转过身来。他的面容由于两只眼睛一只过大另一只过小而显得扭曲。腊梅凝视着这张扭曲的脸，凝视着这张脸上那一只没有瞳仁的假眼珠。她有些恐惧。这使得她忘记了该向他询问什么。

“你寻谁着哩？” 乡村诗人问道。

腊梅怔忡地回答：“热卡亚。”

“热卡亚？”

“就是，热卡亚。”

“寻不见了吧？哈哈哈……寻不见了，寻不见了，哈哈哈……寻不见了……”

乡村诗人展开双臂，仰头大笑，像个疯子一样。持久的狂笑使他耗尽了气力。他弯下身子，双手撑着膝盖，喘息了好一阵子，这才重又恢复了他那高傲的神态。乡村诗人由一种戏谑的神情突然转变为严肃的神情。他取出自己那只安装在右眼眶里的假眼珠，送到腊梅面前，并且说：“这个时代的人都瞎了，他们看不见自身发光能像鸟一样飞翔的祖先。他们什么都看不见，你知道吗？你，你必须把我的眼睛交给人类，你必须，因为黑暗中行走的百姓需要光明。”腊梅感觉自己全身发紧，头发一根根站立起来。她猛然转身，双手撑地，溜下古堡的墙头。乡村诗人冷漠地观望着腊梅惊慌失措的样子，嘴角浮现一丝不易察觉的笑容。他把假眼珠重新装进眼眶，像是说完了谶语的巫师，带着一种施虐般的快感，缓缓转过身去，迎着凛冽的西风，面对着千山万壑，朗诵起了诗歌：“将要开始的时候，大地一片黑暗，没有太阳，没有月亮，也没有星辰，自身发光的人类在自由飞翔，他们张开双臂，像鸟的翅膀一样……”

腊梅跑到古堡洞口。一只盘角的公羊挡住了她的去路。她吆喝着。

公羊纹丝不动。她不得不抓住公羊的双角，将它推出洞口。随即，她在沙棘组成的灌木林里一边奔跑，一边对着山下的村庄大喊："疯子，堡子里有个疯子……"

按照剧本，乡村诗人应该摘下他的假眼珠，递送到腊梅的手里。他的右眼因而现出骇人的空洞。在那个西风凄厉气候寒冷的下午，我实在没有勇气向乡村诗人的扮演者讲述这一情节。我实在不忍。在剧组成员面前，然后在观众面前，让他暴露自己的隐痛，我觉得这有些残忍。在为他说戏时，我甚至没有向他提供剧本。

在我的记忆里，他是个常年为眼疾所折磨的邻家男孩。他的右眼珠突出眼眶，经常流泪。他的父母在距离玛雅人的预言——2012年的地球毁灭——之前二十年，就为当时流传民间的世界末日的谣言所惑，放弃了劳作，整日躲在家里，以饕餮和睡眠等待末日来临。原本贫穷的家庭因为这次放纵，从此变得一蹶不振。

这位迎风便会流泪的邻家男孩每逢我从县城中学回家，就来向我借阅文学杂志，有时候也会和我争论世界本源或是人类由来这些颇费智力的问题。后来，我上大学，然后在各个城市像个流浪者一样奔命于自我奋斗的生活，同时，也就渐渐断绝了与故乡的信息联系。直到有一天，我接到一个陌生的电话，听到一个喉咙沙哑的男子用老家的方言跟我说话。他说他叫"金焕"。我迅速搜索记忆，脑海里映现出一个为眼疾所苦的十三岁男孩的形象：容貌萎靡，行动迟缓，一颗如鸽卵般的眼珠从眼眶里突兀而出。但是，我长期以来讨厌地方主义，讨厌"老乡"这个乡愿情结所郁积的帮派意识，它和民族主义一样，很容易就使人退缩到自私狭隘和丧失自信的泥沼里去。简单几句问候之后，我便挂断了电话。然后，隔三差五，我就会接到这位小老乡的电话问候。我们同处一座城市，但我不想见到他。

如果不是为了拍摄这部以故乡为背景的电影，我可能永远不会和金焕见面。我想看看他能否出演一个角色。

在北京深秋的夜晚，我们相约在一家餐厅见面。他的出现令我有些诧异。高领毛衣，敞开的夹克衫，牛仔裤，微微卷曲但却梳理整齐的头发，消瘦的脸颊上架着一副款式时髦的黑框近视眼镜……完全一副文艺小清新。只是，他那假的右眼珠有些鼓突，且又僵硬无神，因而与左眼很不协调，并使他的面部表情呈现出一种让人不安的怪异。我们已经有二十多年没有见面了。我随他到了他所租住的地下室。那是个大约10平米的小房间,与众多10平米的小房间拥挤在阴暗的地下。很多初来北京的外省青年，就拥挤在这样的地下室里。

金焕如今已经改名。他上过一所毫无名气的自费大学，曾经在厦门做过图书编辑，如今在北京一家免费发放的家具杂志做编辑。他的床头摆放着几本他所编辑的杂志。那几本杂志纸张粗糙，设计拙劣，文章全都是从网络上拼凑而成。他向我讲述他多年来萦绕心怀的文学梦。但是，从他床头上摆放的那几本文学书籍可以看出，他并不是一个惯于阅读的人。尤其让我担心的是，他渴望成为一个诗人。这种诗人的情怀使他看起来有些荒诞和悲剧的色彩。很快，我电影里的一个人物出现了。他就是乡村诗人，那种在别人眼里显得疯癫而在自己心中虽有美好的愿望但却总是自信不足的乡村诗人。而且，他那因为失去一只眼珠而有些扭曲变形的面容，给乡村诗人这一角色增添了一种巫师的幽暗气息。如果，他亲手摘下那颗假眼珠，一种魔幻的效果就会在银幕上骤然呈现。

但是，恰在正式开拍时，我丧失了劝说他摘下眼珠的勇气，因为我担心这个举动会伤害他那伤痕累累的自尊心。这么多年来，因为眼疾，他不曾获得过爱情；因为眼疾，他也难以获得友谊，因为他惧怕别人凝视的目光。随着年龄增大，他终于放弃了在大城市创业的信心，返回乡村，成了乡政府的一名公务员。他那被常年的贫穷折磨得未老先衰的母亲向我吐露心声，说她一直为儿子颠沛流离的生活而焦虑不安的心终于可以舒展一下了，毕竟，她的儿子有了一份正式的工作。

出于对我的信任，他勇敢地担任了乡村诗人的角色。同时，他也勇敢地正视了自己的眼疾，克服了自卑。我记得，在他租住的地下室里，我向他推荐了法国作家／哲学家萨特。萨特的一只眼睛严重斜视。但这从未影响他的自信。

XI

自《史记》之后，中国主流的文学史是一部官场文学史。当你翻阅《唐诗别裁集》，你会看到大部分的诗人都是官员。诗歌是官僚生活之外的一件奢华的装饰品，是臣子陪同皇帝游园或者狩猎时表示谄媚的一份献礼。同样，中国的绘画艺术也是如此。而小说——汉语命名为“话本”，则是没落文人提供给说书人（大多是文盲）以取悦市井小民（几乎都是文盲）的一种低智商的娱乐工具。职业诗人或者说职业化的艺术家，在中国历史上一直没有出现。滥觞于1919年的新文化运动（以文字的拉丁化、文学的人性化和政治的民主化为鹄的），最有可能让中国人摆脱原始的兽性与奴性，也最有可能彻底改变中国文学史从而将中国文学纳入世界文学的行列，但是，一场又一场的造反及革命，摧毁了新文化运动刚刚种植在这贫瘠土壤里的文明的种子。中国的文学死了，在某种意义上，它成为官僚文化的一部分，而不是独立/超越于官僚文化之外的东西。所以，当我在陇西县一个偏远的乡村拍摄这部名为《我故乡的四种死亡方式》的独立电影时，有人感到不安。在他们那充满了奴性、暴力、色情和其他一些低级趣味的意识形态里，一部独立的艺术电影很容易就被贴上“非法”和“敌对”的标签。他们习惯了宣传电影和肥皂剧。

大概在拍摄电影的第四天上午，我们剧组成员正要赶往外景地，一个30岁左右显得趾高气扬的副局长，一个面容阴冷的主任，还有几名穿着土气的随员，会同公安局一名办理护照的警察和乡政府一名形容猥琐的干部，来到我父母居住的农家小院。我们剧组成员分散租住在村里的另外两处农舍。我记得德国导演法斯宾德（Michael Fassbender）在一次访谈中说他最怕穿制服的人。我也一样。将近十年的记者生涯里，我采访过河南艾滋病村、2004年包头空难、2010年青海玉树地震等等，每一次都要被围追堵截，每一次都会遭受口出狂言的恐吓或是虚与委蛇的欺骗。记者这份职业给我造成了极其沉重的心理负担。经历了一系列的变故，我的新闻理想沦落了。一个理想沦落的人突然失去了活着的坐标和依据。但是，我可以直言不讳地告诉你，还有很多的因素，比如：

A. 感情危机；

B. 一种对于信仰的渴慕；

C. 长久以来对西藏文明的向往；

D. 游牧生活的诗意想象……

最终，我决意出走，离开现代文明，远在康巴藏区一个名叫戈麦的高山牧场义务执教。戈麦，意为牛胃形状的地带。这个藏语词形象地表明了，我所置身的那个高山牧场位于海拔4000米的高山之上，俯临着金沙江，就像一个悬挂起来的牛胃。那里没有公路没有电没有通讯。出门便是陡峭狭窄的山路。马是主要的交通工具。31个藏族孩子是我的学生。我教他们汉语、英语和数学。孩子们放学之后，空阔的校园里就剩下我一人。校园附近有五户人家，彼此相距较远。除了呆坐、观景、读书和思考，我没有别的事情可干。在我携带的书籍中，全套威廉·福克纳的中译本小说刺激了我的写作欲望。我想成为像他那样的作家。他对美国南方奴隶制度的反感，他对种族主义的厌恶，他的嗜酒恶习，他的安贫若素，等等等等，让我喜欢上了他这个人。文学或艺术将会成为我存在于这个世界的尺度，可能还是唯一的尺度。在一次全体牧民的斋戒日，我和他们一起用了两天两夜的时间来跪拜、诵经、祈祷、禁绝饮食和性欲。面对观想中的绿度母，我暗暗发誓：为了人类文明，请赐我写作的才华和激情。美国诗人加里·斯奈德（Gary Snyder）在一首题为《献祭给度母》的诗中如此写道：

在人的身体中
渴望获得无上证悟者如此之多
因此让我，
直到这世界度尽成空，
救度需要帮助者
用我女人的身体。[1]

因此，我一直相信绿度母会在我才思枯竭的时候赐给我灵感。带着这种信任，我写出了四本小说。然后有一天，我想拍电影。绿度母当然会成就这个愿望。但是，人的阻碍如何移除呢？我知道，在全世界除了少数几个国家之外，从事艺术活动不会是非法的。在中国，也没有一部法律禁止艺术家从事独立电影的拍摄。当然，比起阿兰·罗伯-格里耶 1969 年在捷克斯洛伐克拍摄电影《伊甸园及其后》时遭到警

[1] 钟玲：《美国诗人史耐德与亚洲文化：西方吸纳东方传统的范例》，台湾联经出版事业股份有限公司，2003初版，第146页。稍有改动，特此说明并致谢意。

察的暴力袭击相比，我要幸运一些。他只是在夜间散步时嘲笑了一架停在广场上的小型苏联飞机，他只是头发留得太长，他只是在用德语表述时犯了一些语法和单词的错误因而被当做来自奥地利的资产阶级，一个警察就用小型瓦斯喷雾器对着他的脸喷出麻醉剂，然后猛烈拳击他的下颚，致使他上颌的两颗牙齿断裂，左边一颗门牙松动，口腔上方肌肉出现一些深深的裂口。我所面对的，只是要求我出示一些被允许拍片的证明。而我告诉他们，独立电影的拍摄不需要任何证明。他们表示不信。我只好暂时将就他们，答应很快弄到一份证明。我只好在制片主任崔子（他是一位诗人）的陪同下，赶到 ×× 市找到了文化广播电视局的两位负责人。他们觉得独立电影的拍摄连广电管理总局都没有任何明文的条例，所以，他们答应将会给 ×× 县主管文化广播电视电影的官员打电话，让我们自由拍摄。于是，我留下了一份电影脚本，返回村庄。

第二天是个星期天，我和剧组成员来到我四舅姥爷守护的一座庙宇，拍摄一场他坐在七面大立镜中间归入土地的镜头。这座庙宇几乎是凭着我四舅姥爷的一己之力建造起来的。二十年前，接到神的召唤，他来到这个山洼里的村庄。这个村庄距离我四舅姥爷生长的村庄约有十里。在乡村公路没有修好以前，只有一条陡峭的羊肠小道。我的四舅姥爷是个异乡人，而且，被人当成疯子。神的庙宇毁于“文革”时一群疯狂的年轻农民之手。有几个老人，在古堡里挖了一个窑洞，安置了神的牌位，偷偷地敬拜。我的四舅姥爷在一个雾重霜浓的早晨，被附体的神灵携带着沉重的肉体，来到这窑洞里，枕着胳膊席地而眠。周围村庄的人看到一个疯子，想要将他赶出窑洞。他们殴打他，羞辱他。神灵就借他的身体，打倒了最凶悍的几个人。他说预言，并借神灵的力量为人治病。慢慢地，人们就信服他果然是一个神媒。有一天夜里，神在梦中对他说："天生，你要在埋藏着天书的地方，修起一座宏伟的庙宇。"我的四舅姥爷就领着众人在山坡上行走。他的眼睛像是可以穿透地层。确确实实，他看见一本写满毛笔字的书躺在一棵白杨树底下，被厚厚的土埋没着。他指着那里，叫人挖掘。很快，一本占卜用的书出土了。有识字的人翻阅，发现其中一首诗的最末两个字是：天生。这一次,连那些将信将疑的人都信服了。他们跟随着我的四舅姥爷，开始建造一座庙宇。无需工程师。我的四舅姥爷拉着一根红线，红线上搭着一支燃起的藏香。他祈祷。空气中无形的力量拨动着那支藏香，指示出各个大殿的建筑方位。求他治病的人越来越多。他将治病的收入悉数投进庙宇的建设。历时十年，有着两进院落、三间大殿和一个社戏戏台的宏伟庙宇建起来了。庙宇周围种植了松柏。因为禁绝放牧，野草很快就长了出来。跟远处那些荒山秃岭相比，这个坐落着庙宇的山洼显得像是从南方雨水丰沛之地飞移而来似的，有种不真实的感觉。

我希望以这座庙宇为背景，在拍摄完我的四舅姥爷沉入大地的那场戏之后，接着拍一场他被神灵附体的萨满舞。迄今为止，我还从未见过神灵附体的场面。我只听说他被神力附体之后，力大无比，总是用头撞破沉重的木门。对此，我有充足的好奇。但是，就在我们拍完我的四舅姥爷沉入大地的那场戏之后回到庙宇里休息时，一个电话打来了。我四舅姥爷的助手——一位面相愁苦的农民——接完电话，阴沉着脸说："是 ×× 县公安局政治保卫股的人打来的……"电话里的那名警察命令我们停止拍摄。令我惊讶的不是那个警察粗暴的命令，而是显然在这庙宇附近的村庄里，甚或就在我四舅姥爷那一群沉默寡言的信徒当中，有人充当了警察的眼线。也就是说，从我来到故乡拍摄电影的那一天开始，我就被盯梢了。起先，他们像猎人一样暗中观察，想要摸清我的意图。接着，就不断派出级别不同的人前来试探。

星期一的上午，××县政法委书记出面了，随他而来的有便衣警察。政法委书记很严厉地对我说，拍摄已然违法，我将被处以五千元左右的罚款，摄影和录音器材将被没收。我急忙打电话给××市文广局的那两名官员。他们分别说出了同样的话：出差了。中国式的谎言。中国式的官场逻辑。可是，他们为什么要阻止我拍摄电影？难道我果真就像兰州一位混迹官场的朋友透露的那样而进入了黑名单？

XII

七面大立镜中间，盘腿坐着的史天生一遍遍地呼喊："天生醒啦，天生醒啦，黑夜里的百姓要光哩，天生醒啦……"我的四舅姥爷从梦中惊醒。他翻过身来，匍匐在地，看到一群手持火把的人分开成扇形，围在洞口。时近黄昏，但是浓雾遮蔽了天光，这使得古堡里的小树林更加幽暗。他们吆喝着："噢吼吼——噢吼吼——"更多的人站在堡墙上。火把哔剥作响。几束手电光照在我四舅姥爷的脸上。他站起身来，闭上眼睛，默默地祈祷。像是一头狂暴的狮子。他的脸在瞬间鼓胀。他那充血的眼睛喷射出愤怒之光。有几个人冲上来，想要捉住他。他却力大无比。冲上来的人仿佛稻草人一样，在他的一挥之下，纷纷摔出很远的距离。手持火把的人愣住了。我的四舅姥爷昂首阔步，从人群中跑过。跑出古堡的墙洞，在沙棘林里飞奔。人们紧随其后。他们追随着我的四舅姥爷，穿过白杨林，然后在铺着沙石的乡村公路上奔跑起来。持火把的人们无法解释，为什么一个疯子奔跑起来像马一样快。

天很快就黑了。我的四舅姥爷跑完了几个光秃秃的山冈，在此期间，几十只夜栖在草丛里的雉鸡相继被惊飞，它们嘎嘎嘎嘎的惊叫声扰乱了乡村之夜的宁静。我电影中的主人公尕桂，正和妹妹腊梅在院门口的空地上为骆驼梳毛。那只巨大的雄性骆驼跪在地上，闭着眼睛，不时发出一两声舒服的呻吟。一个诅咒般的声音从院子里传来："喝酒的，抽烟的，昧了良心的，害过人的，撒过谎骗过人的，放过火杀过人的，吃喝嫖赌不敬神的，神不会饶恕的。神就趴在房檐上看着哩。你说：神在哪？神在哪？神就趴在屋檐上看着呢……"尕桂和腊梅对这诅咒的声音未予理睬。她俩继续给骆驼梳毛。过了一会儿，那诅咒般的声音停歇了，换成了一种祈求："水……水……水……"同时，一阵捶打木板的"咚咚"声持续响起。尕桂和腊梅对视了一下，停住了梳毛的动作。她俩起身，刚要走进院门，我的四舅姥爷啸叫着从院门外的土路上奔跑而来。他是那样快，以至于尕桂和腊梅还没有来得及看清他是谁，他就蹿进了院门，在院子里跳起了萨满的舞蹈。他用一种铿锵有力的啸叫为自己的舞蹈伴奏。那舞蹈姿势怪异。只见他高举着手臂，屈膝，半蹲，双脚同起同落，脑袋剧烈地左右摇摆。追赶他的人们喘着粗气，陆续走进院子。院子在众多火把的照明下，映出无数摇曳的身影。过了一会儿，我的四舅姥爷停下舞蹈，宣示预言。可是那预言无人能够听懂。他像是被人们的愚昧激怒了似的，用头撞击厅房的门板。门板被撞破的喀嚓声异常响亮。鲜血从他浓密的头发里汩汩流出，很快就染红了那张扭曲变形的脸。厅房里，尕桂的父亲敛息了七年来从不间断的诅咒和训诫。他像是在聆听着院子里发生的一切。我的四舅姥爷沉默了一阵，隔着撞破的门板，静静地伫立。

屋子里传来一个沉闷的声音："你来了？"

"我来了。"我的四舅姥爷回答说。

"我知道你来了。我知道你要来呢。人代神言。黑夜里的百姓要见光明。你必须告诉大家，去恶从善，敬畏神灵。"

"知道了，知道了。"

XIII

实际上，这场被神灵附体的萨满舞蹈并没有拍到。按照我原来的设想，摄影师肩扛着摄影机，以纪录片拍摄的方式，让我的四舅姥爷在进入神灵附体的状态后，真实地记录下他所表现的一切。这个场面之所以没有拍到，是因为我的四舅姥爷有所疑虑。自从政法委书记出现以后，他在表演时就显得有些消极。其后不久，公安局政治保卫股的一个电话，使他丧失了信心。他明确告诉我，他无法表演萨满舞蹈。我的一位远房亲戚——按照辈分，我应该叫他姑祖父——由于在民国时期加入了一贯道[1]，1949 年之后，在镇压“反动道教会”的运动中，他被捕，辗转于各个监狱和劳改农场长达三十年之久。临别妻儿时，他是年轻俊美的男子，回归故乡时，他已经须发皆白。2007 年夏天的某个下午，我去看望他。他向我展示他左臂上的刺青——由黑点组成的几条有规则分布的线条，但他拒绝向我透露这刺青的含义。以我祖父和我父亲的见证，不论在被捕之前，还是在刑满释放之后，他的为人处世，时时表现出近乎完美的道德。

---

[1] 一贯道起源于明清时期，属于多个宗教理论杂糅的多神教民间秘密组织，1950年代在中国大陆被铲除，其在台湾地区的分支获得合法身份后，到21世纪初已发展成一个宗教信仰组织，但因其理论的肤浅和芜杂，已不再能够吸引新的信众。

在中国，官方和民间，始终横亘着一条巨大的裂谷。处在这大裂谷的两端，人们很难产生信任。这一端，展现出各种丑陋的品行：怀疑，威慑，恐吓，乃至清洗；而在另一端，则是另一种丑陋的品行：妒羡，猜忌，冷漠，纵容，乃至残暴。我的四舅姥爷，则理所当然地选择了逃避。他不愿意因参与到一部电影的拍摄而受到处置。他太恐惧了。而神呢？那能赋予他力量和信心的神跑到哪里去了呢？由此，我开始怀疑，我的四舅姥爷在利用神媒的身份，为自己的家庭谋取利益。至少，我母亲提供了一则证据。每逢农忙时节，崇信我四舅姥爷的乡民，志愿为他家提供义务劳动。而我四舅姥爷崇拜的神灵，作为一种低级的神灵，也很容易受人操弄。而那些没有受过宗教知识教育的民众，则很容易走向迷信和偶像崇拜。迷信和偶像崇拜是汉民族的两大精神疾病。这两大精神疾病染污了从印度传来的大乘佛教和从西方传来的基督教，当然，也污染了民主思想和科学精神。

我是否该在电影里对这些现象予以批判呢？作为一名已经有了反省精神的知识分子，我那反叛了大学教育体制的尕桂，在面对这些现象时，该有何种反应呢？她本来怀着对真理的追求来到城市，但城市给予她的却是幻灭。然而，如今她重返故乡，发现故乡其实正在死亡，那么，她是否又得经历一次幻灭呢？

大雾一整天都没有消散。凌晨时突然的降温，致使浓雾凝结成霜，铺在土地上，也悬挂在树枝上和一丛丛野草上，像是白色的花簇。尕桂和腊梅走在田野里寻找骆驼。那只名叫热卡亚的骆驼，总是沉浸于梦游。它一次次离家出走，神思恍惚地在田野里被梦中的异象所吸引。

它梦见了什么？无人知晓。腊梅在饲养了它两三年之后，也只知道它总是一边梦游，一边叹息，有时还会流下眼泪。在上大学之前，热卡亚是由尕桂饲养的。那时候，热卡亚梦游时喜欢一边缓慢地行走，一边喃喃自语。可惜，尕桂听不懂它在说些什么。虽然也给它服用了镇静剂和安眠药，也请了我四舅姥爷用巫术安慰了它动荡的灵魂，但是，它的梦游症非但没有减轻，反而变得更加严重。以前，它也只是在村庄里梦游，现在，它一梦游就会跑到很远的地方，而且多是远离人烟的地方。不知道在这样的大雾里，它会跑去哪里。尕桂和腊梅焦灼地呼唤着热卡亚。湿冷的风把一团团看起来很是沉重的雾从山谷里吹送上来。山顶之上，高高耸立着一个祭奠山神时竖起的土堆。一束干枯的柳枝插在土堆上。尕桂和腊梅来到土堆跟前，听到有人在说话。她俩继续行走。说话声越来越响亮，越来越清晰。透过浓雾，她俩看见我的四舅姥爷盘腿坐在七面大立镜中间，闭着眼睛讲述着他被神灵召唤的那个梦。他身下的大地慢慢开裂，裸露出千万年前海洋留下的化石层。埋藏在已逝时间中的海涛声隐隐约约地动荡着。七面大立镜里，我四舅姥爷那相互映现的无数面孔逐渐消逝。随着一声玻璃碎裂时发出的清脆的响声，我的四舅姥爷被大地完全吞没。继而，大地复合。千万年前海洋波涛的回声被黄土湮没。

“他去了哪里？”腊梅疑惑不解地问道。

“回到了土地。”尕桂说。

“为什么？”

“因为在很早很早以前，大地上没有一个人，没有男人，也没有女人，神就用泥土造了人，尘归尘，土归土，人死以后就要回到土地。”

XIV

电影拍摄陷入停滞。我忧心如焚。按照财务预算，我只能拍摄30天，而现在，我已经误工三天。不能再等下去了。当然，很有可能是我曾在《南方周末》的记者身份，让地方官员极为担心我会报道他们的腐败，虽然我一再申明是在拍摄一部电影。腐败比比皆是。来自中央财政的农民危房改造款、救济款以及其他各种款项，都存在不同程度的贪污。不，我不能妥协。我必须绝地反击。

如今想来，我在此次事件中也曾多次感到恐惧，多次想要放弃拍摄。我到底恐惧什么？在捷克斯洛伐克，“1950年代，……这种恐惧渗透进我们这一代人中，尽管我们当时无须做出决定。在我们的潜意识里出现我们父母的恐惧，我们无法摆脱它。我们的孩子不再有这种恐惧，因为它不会遗传，只会被感染”[1]。我父母那一代中国人浸透了这种恐惧，而我这一代人令人惊异的是，我们不像东欧的同龄人，只是被感染了，而我们居然是被遗传了这种恐惧。遗传了这种恐惧的人，即使在留学、旅游或者参加文化交流时，也不敢面对公众畅所欲言，而我们很多人

[1] 埃达·克里塞欧瓦：《诗人政治家哈维尔》，宫云玲、孙汇琪、曹乃云译，台湾时报文化出版企业有限公司，1994年初版，第107页。

对自己这副猥琐的形象，无动于衷。1977年，捷克斯洛伐克的一群知识分子率先抵抗这种恐惧："七七宪章的签署者是第一批战胜这种普遍存在的恐惧的人。他们知道自己会被捕和通缉，但他们很清楚：时代已不再像50年代了，必须冒险反抗现政权，因为一次自由的壮举能比它原先预计的要解放更多的人。" [1]

---

[1] 埃达·克里塞欧瓦：《诗人政治家哈维尔》，宫云玲、孙汇琪、曹乃云译，台湾时报文化出版企业有限公司，1994年初版，第107-108页。

XV

汹涌的大河，浊浪排空。我看见一个赤身裸体的男子，在河水中泅渡。一个浪头紧接着一个浪头，打在他的脸上。他的全身被冰冷的河水浸泡着。在奋力游泳的过程中，他不断抬头张望，发现河岸一直在远去。站在远处观望的我看到河中游泳的那个人，显得非常焦急。我想跃入河中，去帮助那在河中心挣扎的人。就在此时，一个巨大的浪翻涌过来，吞噬了那个人。河水在奔流。我沿河岸奔跑，企图在河流变得稍微平缓的地方跳下水去,将那人救起。河流一直没有变得平缓。我累得大口喘气，觉得空气从来没有像今天这样稀薄。我停止了奔跑，双手拄着膝盖，低着头剧烈地呼吸。等我抬起头来，看到河中有三个人正陪着那赤身裸体的男子与激流搏斗。我不知道那三个人是什么时候跳进河里去的，或者说，那三个人本来就居住在河水中，由于不忍目睹那名赤身裸体的男子被河水淹死，他们就从水里露出头来，帮助那男子游过漩涡。

在河流拐弯的地方，一堵悬崖挡住了我的去路。我只好在悬崖下一块巨大的石头上坐等。河面上飘着动物尸体和连根拔起的树木。山羊的尸体，牛的尸体，野鸡的尸体，居然还有一头雪豹的尸体。也许那个赤身裸体的男子和那三个救他的人全都被河水冲走了。我等了很久，非常伤感于这个不幸的结局。就在我准备起身离开的时候，那名赤身裸体的男子从悬崖后面攀爬过来。我觉得他很面熟。在他冲我说“你好”的时候，我终于认出了他是谁。他就是我。我们默默地并肩而行。关于那三个刚才在激流中救助他的人流落到了何处，我没有问，因为我的直觉告诉自己，那三个人绝对没有生命危险。河流就是他们的摇篮。河岸上满是泥泞，我们的脚多次陷入其中。费了很大的气力，我们终于站在了走向故乡的土路上。干燥平坦的土路走起来让人心情愉快。故乡的村庄遥遥在望。我想为能够平安地返回故乡唱一首歌。歌声在我的喉咙里回旋。我刚想唱出，却迎面遇见了我的朋友关军。他曾是我在《南方周末》担任摄影记者时的编辑。

当政法委书记第二次出现的时候，我把关于此次事件的一条讯息通过好友关军的微博账号发布在了网络上。我当时所在的村庄没有网络讯号。新闻界和文艺界的朋友迅速转发，一面强烈谴责 ×× 县地方官员的粗暴干预，一方面给我鼓励。甚至有网友打电话给 ×× 县文广局和宣传部的官员，表达他们的愤怒。然后，那些蝗虫一样的官僚就此屏息匿迹了。他们那嚣张的气焰，倨傲的神态，审判的语气，立刻就像破气球里的气体一样，消失得无踪无影。哦，没想到，他们竟是如此虚弱！

我记得我从梦中的激流中游出以后，回到了故乡，回到了我少年和童年时代生活过的老房子。顺着墙角的木梯，我攀上房檐。一只鸟身狮头的动物站在房檐上唱着航海人的歌。虽然有些畏惧，但我还是果断地伸出手去，抓住了鸟身狮头的怪物。直到如今，我不知道这鸟身狮头的怪物预示着（或者说象征着）什么。我那常被神灵附体的四舅姥爷史天生也不知道。他只知道，那跃入激流试图将我救出水面的，是他在夜里跪在地上长久祈请的三位神灵。不过，按照我的理解，那三位真诚施救的泳者，应该是我的三位师友。在无法律可以用来保护自己从事艺术创作的自由时，我向很多人求救，希望通过私人关系来解除地方官员的野蛮阻挠。有人向我虚与委蛇。有人显然在逃避。只有三位师长，我能深切地感受到他们的善意。

XVI

电影《我故乡的四种死亡方式》打破了线性叙述，也不以人物为叙述的焦点，而是用“地、水、火、风”这印度哲学中构成宇宙的四大元素为结构，让人物和故事为这四个抽象的元素服务。公元 8 世纪将佛法带进雪域高原的莲花生所著《西藏度亡经》(通过藏文直译应为《中阴闻教得度》) 分析了死亡的现象与本质。该书认为，人的肉体也由“地、水、火、风”这四大元素组成。骨头，身体中坚硬的部分，就是地元素；血液，就是水元素；体温，就是火元素；呼吸，就是风元素。所谓死亡，就是构成身体的四大元素分解，最终复归于宇宙的四大元素。四大元素分解之后，灵魂才得以摆脱肉体的束缚，进入“中阴”(Bardo)[1](转化为另一种生命形态之前的超时空旅程)。我得益于

[1] 中阴：藏传佛教认为人死后一直到再投生的一刹那间的这段时间，称作中阴、中阴身，或中有、中有身。一般投生为人或动物的，才可能有中阴。大善之人不经过中阴而是在刹那之间进入西方净土，而十恶不赦之人也不会经过中阴而是在刹那之间直接堕入地狱。但是，对于灵魂的一刹那，在我们世间的人看来，或许就是很多年。

这一理论，并且坚信这是一条真理。[1]

我那年轻的姑娘尕桂是否和我一样坚信这一生命的真理呢？

不，她不信。她怀疑，和我年轻时一样，她的智力还没有发育出理解形而上问题的能力。但她凭靠直觉和启示，窥测了生命的奥秘。于是，她决定返回故乡，去寻找更多的启示。

乡村巴士在蜿蜒的山路上曲折而行。我和摄影师站在山顶的古堡上，拍摄了乡村巴士驶过山路的场景。从我们所站的位置俯瞰下去，是一面山坡，长满了叶子落尽的细瘦的白杨和乱蓬蓬的沙棘。目光越过公路，可见起伏不定的梯田暴露出受伤的土地和丑陋的民居。我那返回故乡的尕桂坐在烟雾缭绕的乡村巴士里，脸上被阳光和阴影交替覆盖。她若有所思。她微微蹙起的眉头显示出她内心的某种困惑。但她目光坚毅，足以证明她的自信。

乡村巴士颠簸着，在不太平坦的乡村公路上。一个拐弯出现了。乡村巴士放缓了车速，绕过拐弯。人到中年的司机林海兵骤然刹车，因为一只骆驼俯卧在道路中央。它安静地反刍着隔夜的草料。温暖的阳光团裹着它的全身，使它那一身金黄的皮毛显得富丽而尊贵。司机

---

[1] 值得注意的是，根据法国学者鲁保罗（Jean-Paul Roux）著、耿昇译《西域的历史与文明》（新疆人民出版社、人民出版社2012年初版）一书记载，第二个千年纪产生于印欧的人类最古老的宗教玛兹达克教（mazdéisme），又名祆教，其残存的信徒后裔在伊朗称之为Cuèbress，在印度称之为巴尔西（Parsis）。在印度孟买（Bombay），巴尔西将死者陈殓在静塔中，让秃鹫吞噬他们；在伊朗的亚兹德（Yazd）和基尔曼（Kirman），人们以卫生为由而禁止他们这样做，于是，为了不让尸体污染地、水、火和风，他们将尸体注入水泥块当中。

林海兵按动喇叭。在这寂静的乡村公路上（周围全是梯田和稀疏的杨树林），刺耳的喇叭声制造出接连不断的回音。栖息在树枝上的麻雀受到了惊吓，全都扑腾着翅膀，向着远处薄薄的雾霭飞去。只有那只骆驼，毫无动摇的心思。它用那种只有经历了沧桑世事的老年人才会具有的沉默的神情和睥睨万物从而显得超脱了烦恼的眼神，表达着自己的轻蔑。司机林海兵只好走下车来，一边吆喝着，一边挥舞双臂，希望这重约两吨的庞然大物能够起身离去，为他的乡村巴士让出一条道儿来。任凭他做出种种恐吓的动作，骆驼依旧俯卧着，反刍着草料。

尕桂走下巴士。她站在那儿，停顿了一下，然后走过来。她抚摸着骆驼的脖颈上那一层厚实的、金黄色的皮毛。她把自己的脸贴在骆驼那暖融融的阔大的面颊上。她轻轻呢喃，像是在和骆驼细语。热卡亚……我可怜的热卡亚……骆驼像是听懂了什么似的，回应出一声长长的叫声。接着，它站起身来，随着尕桂向着远处的乡村走去。

XVII

尕桂的饰演者是一位正在上大一的体育系女学生，而且，她的专业是篮球，也就是说，她是一名篮球运动员。对于电影，她毫无概念。在她成长的年代，露天电影消失了，取而代之的，是电视。毫无智力含量和审美趣味的电视肥皂剧喂养着她那贫瘠的精神生活。她是个家在舟曲县的农村姑娘，因此，也没有去过城市里的电影院，况且，在她读书的天水市（一个位于中国西部的小城市），电影院寥寥无几。

我为什么会去天水师范学院挑演员呢？为什么不在北京电影学院表演系或是中央戏剧学院挑演员呢？剔除了预算经费的限制之外，我直觉到，在天水师范学院，我能找到那种刚刚离开乡土的女大学生（因为《我故乡的四种死亡方式》是一部与土地相关的电影）。她的脸上保留着被太阳晒过的小麦色，同时也保留着质朴、羞涩和单纯。在北京，以及其他的城市，我见多了虽然漂亮但却过于修饰、过于脂粉气的女孩。就在人头攒动的校园里，我看到了一张生动的面孔。肉感但却线条分明的嘴唇，挺拔的鼻子，大而明亮的眼睛毫无世故和狡诈，小麦色的皮肤，颧骨上笼罩着一层经由太阳紫外线的照耀而形成的淡淡的红釉色。

此后的拍摄过程中，这个名叫高伟霞的篮球运动员吃苦耐劳，数次躺进冬天寒冷的河流……而她的妹妹——腊梅，则由一位名叫刘佳弟的小学生扮演。刘佳弟的父亲刘四娃是我小学时的同学。如果没有我父亲的提示，我肯定记不起这位同学的名字，只是记得他小时候的残酷和暴戾。他大概是在小学三年级的时候辍学的。回忆所及，不知有多少小学时乃至中学时的同学无法完成必要的学业。他们成为农民，继而纷纷逃离农村，散布在新疆建设兵团各大农场的棉花田里，散布在山西煤矿的坑道里，散布在大中小城市的建筑工地上。他们修建了高楼大厦，修建了公路桥梁，等到城市变得焕然一新，他们就被迫撤离，或是居住于城市边缘的贫民窟。还有多少人能够回到故乡？刘佳弟的母亲是在新疆打工时与人私奔的。这位被爱情燃烧的女人不但抛弃了她的丈夫，而且还抛弃了自己的两个女儿。刘佳弟和姐姐已经有好几年没有见过母亲了，或许她们将永难见到。刘四娃呢？我记忆中残酷而暴戾的少年，多年艰辛生活的磨砺，竟然难以消弭他眼睛里的凶狠。他从青海藏区带来一个皮肤黝黑的女人，做了他的妻子。这位藏族女人不懂汉语。我用藏语跟她谈起西藏，她像个流落在异国的人那样，因为他乡遇故知，从而在她那抑郁愁苦的脸上迸发出喜悦的色彩和光芒。

生活在这样的家庭里，我想，刘佳弟一定能够理解腊梅的心境，因为腊梅的母亲在电影里是缺席的。缺席意味着死亡，或是离弃。而她的父亲，作为一个彻底的愤世嫉俗者，躲在棺材里生活了整整七年。她整日渴望着姐姐回家。热卡亚又一次走失的那天下午，她离开村庄，在田野里寻找。“热卡亚——热卡亚——”她一边呼唤着，一边寻找着。

守林人告诉她说，整个下午，都没有见过热卡亚的身影，也没有听见热卡亚的叫声。他只见过一只被狼群抛弃的灰色公狼，在森林边的公路上徘徊。那灰色公狼又老又丑，瘸着一条前腿，身上还带着决斗过的累累伤痕。显而易见，在被驱逐之前，它为了自己生存的权利和生命的尊严，进行过残酷的抗争。最终，它还是个失败者。

那么，热卡亚会不会遭遇这只灰色的公狼呢？

怀着这种担忧，腊梅不听守林人的劝告，毅然钻进茂密的森林。“热卡亚——热卡亚——”她呼唤着，好几次陷入迷路的慌乱。当然，她和村子里所有的小姑娘一样，害怕遇见会发出猫头鹰叫声的疯女人八月。老人们都说，1960 年夏天一个电闪雷鸣的夜晚，被饥饿折磨得近乎发疯的八月杀死她唯一的儿子，并用一口煮粥的铁锅，将她儿子鲜嫩的骨肉煮熟之后，吃了整整一夜。她儿子的肉香如同一场细雨，覆盖了人们干旱的噩梦。第二天早晨，报复之神苏格塔尔用一道闪电褫夺了八月的语言，让她丧失了说话的能力。大概是出于惩戒的目的，报复之神苏格塔尔给了她一副猫头鹰的好嗓音。她那凄厉的猫头鹰的尖叫声时常在村子里响起。人们也就因此收敛起心灵的泥沼里最黑暗的邪恶，不至于吃人。1962 年之后，大饥荒像一场瘟疫，逐渐消退。可是，疯女人八月那让人揪心的猫头鹰的叫声却毫无消退的迹象。为了不让所有的人发疯，八月在一个重大节日（或许是中秋节）的早晨，穿上她珍藏多年的嫁衣，走进了森林，从此就再也没有回来。

好几次，腊梅都被猫头鹰的尖叫声吓得发抖，但是，她没有遇见疯女人八月。当最后一丝蓝色的天光快要消失的时候，她走出了森林，回到了家里。他那在棺材里生活了七年的父亲等待着晚饭。腊梅在厨房里做饭。就在此时，门外传来一阵驼铃声。她走出厨房，跑过宽阔的、附带着一个小花园的院子，冲出院墙的大门。大门外的空地上，站着姐姐尕桂和她心爱的骆驼热卡亚。为了表达久别重逢的惊喜，我让腊梅扑进尕桂的怀抱。姐妹俩紧紧地拥抱。尕桂的眼里噙着泪水。对她而言，与亲人的见面仿佛一次死后重生的相遇。如果不是刹那之间那启示的光芒——故乡的河流，躺在水中的自己，从沉睡中醒来的鸟，哈萨克男人的摇篮曲，等等等等——击中了她，她将永远不能以人的身体与亲人拥抱。

随后，尕桂用略带嗔怪的语气问道："你为什么把热卡亚弄丢了？"

"不是，是它自己走丢的。它总是闻到一股死人的味道。"

"你怎么知道的？"

"它一晚上一晚上睡不着觉。我和它一样，一闻到一股死人的味道，我也就一晚上一晚上睡不着觉。"

经由这段对白，我怀疑腊梅和骆驼热卡亚患上了梦游症。尤其是热卡亚，无论白天还是黑夜，一旦它沉入梦乡，它就会梦游。梦是腊梅和热卡亚的自由国度。在这片广袤的、无拘无束的国土上，腊梅和热卡亚是驾驭着时间之马的君王。

XVIII

时间之马，穿越了虚构的帷幕，此刻正站立在我面前。整个上午，灿烂的阳光透过窗玻璃，照耀着我写作的这间乡村小屋。时间之马那辉煌的身影，在迷离而煦暖的光线里若隐若现。窗外，院子里的一株香椿树随着轻柔之风的抚摸，战栗着，抖落秋天的树叶。好几枝丝瓜的藤蔓从菜园（兼做花园）里攀上装有绿色铁门的院墙，一直延伸到厨房的屋檐上，沿途垂挂着粗长如一个男人手臂的丝瓜。这是个宁静而幸福的早晨。妻子在读书，儿子在画画，生活在漂亮笼子里的那两只虎皮鹦鹉欢快地鸣唱着。在养这两只黄色的虎皮鹦鹉之前，我曾养过另外两只虎皮鹦鹉，一只蓝色，一只绿色。出于天真的平等主义和自由思想，我让那两只虎皮鹦鹉在我的书房里自由行动。它们乳白色的鸟屎堆积在我书架上珍存的文学经典上。有时候，它们会到书房和卧室中间那宽敞的客厅里飞翔。与之相处的时日逐渐增多，它们像是卸除了戒备，能够被我召唤，并且可以毫不畏惧地在我的手上停留。实际上，我被它们蒙骗了。它们伪装的楚楚可怜和讨人欢心，全都是为了让我放松警惕。在它们逃跑之后，我才意识到，它们经常守在门边时持续不断的相互的鸟语，全都是在商谈逃跑的事宜。但是……其实……或许……我们人类跟鸟的聪明一样愚蠢。

我们人类跟鸟的聪明一样愚蠢。这是个在矛盾中对立统一的句子。在我决定把终生的精力投入文学并以持续不断的写作来寻求真理以来，我思维中积攒了太多这样对立统一的句子，为的是打破庸俗唯物主义在我头脑中夯实的二元对立。我愿意用一种精细而又广阔的思维观照世界。举例来说，我们对悬铃木植物的一片落叶进行观察，容易陷入精细，而忽视广阔。陷入精细，就可以得出一片悬铃木植物的落叶呈掌状，有 3 到 5 枚齿形裂片，叶面鲜绿有光泽……而我愿意在这种植物学式的精细观察的同时，观察到风的运动、树的生长、落叶与一只蚯蚓的命运……

就在我如此思考并写下这些思考的文字之时，在我书房里晒着太阳低声鸣唱的两只虎皮鹦鹉难以想象，大概在两个月前，它们的两个同类离开这所乡村平房宽敞的领地，飞进了天空、树冠和电线组成的广袤空间，但是，很快，在它们疲累之后，一位住在我家附近的画家抓住了绿色的那只虎皮鹦鹉，并将它关进了笼子，而蓝色的那一只，很有可能成了流浪猫的美食，因为它本来就是一只被人工孵化和养育的鸟，毫无野外生存的经验。就这个意义来说，我们人类跟鸟的聪明一样愚蠢。我们企图并戮力获知宇宙和生命的奥秘，并且自以为掌握了真理，但是，这个所谓的“真理”或许只是假象。我们人类就像那两只逃出房间的虎皮鹦鹉一样，在假象的天空中飞翔。反倒是那些规避了物理自由的人，更有可能获得真理，比如说尕桂的父亲。他躲进一个阴暗小屋中的棺材里，用愤世嫉俗的言辞伪装疯癫，实际上，他洞明世事。扮演这个古怪人物的，是我的父亲。我了解他内心中慈悲与仇恨的交织。我那交通和讯息一样闭塞的故乡——何家沟——像一口无形的棺材，将我的父亲封闭在其中。相对于我的祖父母以及我那文盲的母亲,我的父亲也曾短暂脱离过这口无形棺材的束缚。少年时代，作为中学生的他，曾经重新走过长征路，也曾去过北京天安门广场朝拜毛泽东。青年时代，他有三年的时光是在一个炮兵基地度过的。他试图逃离这口无形的棺材,但却不能。退役。结婚。生子。耕耘。吵架。人到中年，他又一次逃离，远走新疆焉耆维吾尔族自治县，当了一个油漆家具的工人。但是最终，他自愿回到了故乡，这个被他看作棺材的地方。没有人具备他那样的资历和体验来出演这一荒诞而神秘且又受人尊敬的人物了。在限制中理解自由，就像在苦难中理解幸福一样，或者，就像在假象中理解真理一样。

XIX

阴霾。一个像是荒废了的院子。铺在地面上的红砖被恼人的杂草覆盖。一间坐北朝南的平房。闭合的双扇门，露出斑驳的痕迹。两幅好几年前贴上的门神年画，遭受了风雨的冲刷。一个愤世嫉俗者的沉闷的诅咒从屋里传出：

“喝酒的，抽烟的，昧了良心的，害过人的，撒过谎骗过人的，放过火杀过人的，吃喝嫖赌不敬神的，神不会饶恕的，神就趴在房檐上看着哩。你说：神在哪？神在哪？神就趴在屋檐上看着呢……”

然后是一阵剧烈的咳嗽声。

尕桂和腊梅扶着墙壁，从左右两边入画。她俩贴着木门。

尕桂悄声说：“阿爸疯了。”

腊梅说：“阿爸没疯。”

屋里不断传出愤怒的诅咒：

“世道变成这个样子了么……人不能活了。坑蒙拐骗骗人抢人偷人……看不下去了，看不下去。把娃娃挖屎把尿地拉扯大，活到现在，管都没人管了。过不下去了。谁管呢？没人管了。人和人都成这个样子了。唉，没说的了，没说的了，没口说了……”

尕桂又一次悄声说：“阿爸真的疯了。”

腊梅说：“阿爸没疯。”

尕桂缓缓推开木门。门轴咯咯吱吱，因为陈旧和长时间的遗忘而颤抖。我那扮演愤世嫉俗者的父亲临场发挥，将一只碗摔在地上，发出刺耳的碎裂声。尕桂和腊梅猝不及防，被这突如其来的碎裂声吓得目光痴呆，不由自主地退出画面。而我没有喊停。尕桂和腊梅只好继续她们被这一声碎裂打断的戏份。她俩重又贴着墙壁，向着木门靠拢。这个长镜头给重回故乡的尕桂创造了一种疏离效果。她被父亲拒绝，也就意味着她被故乡拒绝。她需要付出更为坚韧的执着，这个养育了她的故乡或许才会接纳她。于是，她重新鼓起勇气，缓缓推开了木门。

黑暗的屋子里，随着门的洞开，光线涌入，洒满屋角横放的一口棺材。一个人在棺材里痛苦不堪地咳嗽着，断断续续地说：“水……水……水……”尕桂走近棺材。棺材里传来一个苍老的声音：“水……水……水……”尕桂蹲下身子，俯身在棺盖揭开之处。她可以凝视父亲的脸，但从摄影机的角度望过去，观众是看不见这个怪人的。他那不可见的存在，仿佛基督教关于七宗罪[1]的训诫。神圣之物，皆怕显现。

[1] 七宗罪，正式译名为七罪宗，属于人类恶行的分类，并由13世纪道明会神父圣多玛斯·阿奎纳（Saint Thomas Aquinas）列举出各种恶行的表现。分别是傲慢、妒忌、暴怒、懒惰、贪婪、贪食及色欲。

尕桂轻轻地、却又是有些害怕地叫了一声："阿爸……"

"我渴，给我一点儿水，我渴……"

尕桂起身，走到离棺材不远的桌边，倒了一碗水，返身送进棺材。她的父亲急切地痛饮。

"阿爸，你起来吵。你已经在棺材里生活了七年了。起来吵，我带你去看看太阳，晒晒太阳……"

"啥都不想看。我要一直住下去呢。啥时候看到人心变好了，我就出来了。现在啥都不想看，啥都不想看。我要永远住下去呢……"

XX

作为一部独立电影，《我故乡的四种死亡方式》自诞生以来，第一次有了华丽的展示。虽然没有挣到钱，但我已很知足。我最敬仰的圣徒般的德国导演赫尔佐格（Werner Herzog）租用影院来放映他的处女作时，观众只有六位。而我的处女作，由天津的影迷幼儿园（一个可爱的电影爱好者组织）举办了一次在正式影院的放映。之所以说是“华丽的展示”，是因为它出现在了一家正式影院的小放映厅里。密闭的空间，隔音极好的墙壁，立体音响，舒适的台阶式座椅，价格不菲的投影仪，年轻而热情的观众，尤其关键的一点是，没有干涉。但是，此次放映仍然处于地下状态。我那命运多舛的处女作尚需等待时日，才能在鹿特丹国际电影节那可容百人的放映厅里展现自己。她将获得尊重和掌声。她将获得最资深的亚洲电影选片人汤尼·雷恩（Tony Rayns）的赞美。这就是电影本该出现的地方。在此之前，这部电影入选了第九届北京独立影像展。根据以往的经验，这部电影本该出现在现象艺术馆那装修很好的放映厅里，但是，影展取消了。当然，绝大多数观众则失去了观赏独立电影的机会。我们希望可以有更多的观众来观看这些独立艺术。因为恰恰是这些独立的艺术，才是一个公民社会最有原创精神和自由气质的东西，也是一个沉疴缠身的民族得以在心灵深处彻底消解奴役的酵素。现代艺术致力于解放心灵,而古代艺术则被用于祭祀(尤其显示出对偶像的臣服)。这种艺术功能的转变，显示了人的自信。无论是把艺术用来祭祀神灵还是对艺术加以限制，都是一种缺乏自信的表现。

在我的故乡，用于祭祀的艺术虽然其功用仍在孱弱地延续，但已穷途末路。我那从城市撤离企图在这破败的西部乡村搜寻出故乡遗迹的尕桂，她将最后一次看到一场社火的演出。在开阔的空地上，围成一圈的人们手持火把，面对着空地中央的篝火。穿着大红大绿的戏服腰系黑色的围裙妆了浓彩戴着墨镜头顶着黑色礼帽的少男少女（他们都是小学高年级学生）围着篝火，一边扭着扇子舞，一边歌唱——

一炉的香啊上炉的灯，
一个善人往前行，
菩萨爷把门开，
众生上香来……

一把板胡两把二胡外加一个小鼓,就是伴奏。哦,多么粗糙的伴奏!突然传来一声带着哭啼颤音的呼唤 :“腊梅……” 尕桂冲进宽阔的空地。篝火映照出她那慌乱的影子。孩子们的歌声和伴奏的乐器一起戛然而止。人们不知道发生了什么事，只好怔忡地望着尕桂。她在那些因为戴着墨镜化着浓妆而难于辨认的面孔中间，借助篝火的闪光，找到了腊梅。她抓着腊梅的胳膊,向家里跑去。被尕桂打断的歌舞重又开始——

二炉的香啊上炉的灯，

二个善人往前行，
菩萨爷把门开，
众生上香来……

我把这个画面搬进了电影，以一种缅怀之情。社火游行是乡土社会在春节里的传统庆典之一。各个村庄组织起自己的社火队。一个社火队由舞狮人、舞龙人和旦娃子组成。旦娃子排斥女性，皆由男孩装扮。每年正月十五，各个村庄的社火队汇集在我们村庄的神庙里，祭祀了神灵，然后才开始表演世俗的节目。自从我去县城上中学以来，我就不再参与社火游行。暌违社火游行，一晃就是二十年，这期间我经历了毫无生气的大学生活和惊险刺激的记者生涯以及自我放逐的流浪。而今，我临到中年，却被我的父亲——这位不知疲倦的乡村摄影师——有一次向我在电脑上展示他所拍摄的社火游行时，勾起了我那倾斜的乡愁和暗淡童年里稍微鲜亮的记忆。不过，我看到旦娃子终于可以让女性参与了，而且还戴上了黑色的礼帽，半张脸被巨大的墨镜遮盖着，具有了超现实的意味，这与我准备拍摄的电影有着某种基调上的一致，因为我想从现实的细节入手，进而催生出超现实的效果。

XXI

由此，你将不难理解，为什么一个在棺材里生活了七年的愤世嫉俗者，他的死，竟与一只骆驼的死有着某种奇怪的非逻辑的关联。艺术有权利创造这种非逻辑的关联。为什么不呢？在埃米尔·库斯图里卡（Emir Kusturica）最为著名也最具乡愁意味（因为他缅怀一个消失了的祖国南斯拉夫）的电影《地下》（*Underground*）里，每一个人物死亡时，都会有一只动物出现在画面里。马高和他的妻子赛娜丽娅遭到一个军人的射杀并被焚尸，一匹白马从画面中走过；心灵单纯的伊万受不了谎言的欺骗愤然上吊自杀，接下来的画面中，一只鹅从楼顶扑扇着沉重的翅膀飞落而下；曾在地下暗室里生活了十五年的小黑为寻找溺毙的儿子跳入井中，一条鱼从水中游来又游去。为什么，一个人的死与一只动物有关？没人问过库斯图里卡，但是，又没人质疑过库斯图里卡。电影语法有它自身的逻辑来让观众相信，一切皆有可能，就像梦的逻辑一样。因此，我对我电影中那位愤世嫉俗者的死没有关注，而是将镜头倾注在了骆驼之死上。它的垂死挣扎，它那痛苦而无奈的哀鸣，它那泪水晶莹但却逐渐幽暗的眼睛，极其深切地撩拨了我脆弱的心弦，几乎让我垂泪。

这个漫长的夜晚正在艰难地过去。黎明。朝阳。新的一天正在轻易地来临。鲜艳的阳光仿若锦缎，铺盖在骆驼那红色的尸体上。鲜艳的阳光仿若温柔的大手，抚摸着尕桂和腊梅。她俩俯卧在骆驼的尸体上，过了一夜。此时，骆驼轻微地动了一下，显然是被拽动的。尕桂和腊梅惊醒，抬起头来。她俩被泪水淹没的眼睛盛满了阳光。骆驼被缓缓拖走。它是那样沉重，沉重得足以让人怀疑它曾经那么轻易欢快地活过奔跑过梦游过。过了不久，有人轻轻推开尕桂和腊梅。七八位村里人进入那年久失修的房子，抬出了一口棺材。愤世嫉俗者终于敛息了愤怒，静静地躺在棺材里。尕桂和腊梅凝望着棺材远去。温柔的阳光抚摸着她俩的脸庞。

腊梅悄声问道：

“有一天，我也会死吗？”

“每个人都会死。”尕桂说。

腊梅抬头凝视着太阳说：

“太阳也会死吗？”

“会的。太阳和人一样，只是太阳的寿命比人要长。”

“长多少？”

“跟地球上所有人的寿命加起来一样长。”

“你是说活人的寿命吗？”

“不止，还有死人的和没出生的。”

XXII

我原本想在电影画面里保留一些晚秋的红叶，就和我现在写作时，隔着宽大的玻璃窗一眼就能望见的院子里那棵香椿树上一片片飘落的红叶一样。晚秋较之寒冬更加让人感觉凄凉，就在于盛夏的繁茂和初秋的丰饶充沛了生命，从而使人沉溺于永无所失的幻觉里，但是，衰落必然降临，就像戏剧定要谢幕，幻觉因此开始破灭，伤愁也就侵入心脾。

一系列的筹备工作：财务预算，确定剧组成员，租用摄影和录音设备……我在北京延宕了一月，及至来到我的故乡开始拍摄，原先考察外景时所曾欣赏过赞叹过的红高粱和绿燕麦以及漫山的红叶，都遭霜杀和刈除。荒凉。满眼尽是裸露的黄土。乡村巴士停靠的路边，一棵老榆树披挂着干瘦的枝条。一群在我童年时不曾出现而今随处可见的灰色鸽子样的鸟，栖息在树枝上。尕桂目击了死亡——四舅姥爷沉入大地的死亡，父亲的死亡，骆驼的死亡，（为了打破线性叙述模式，我将遵从以“地、水、火、风”为其结构的文本而要在接下来的文字中详细讲述的）三个皮影艺人归隐于火的死亡，以及一个女巫消逝于风的死亡——之后，决心离开故乡，去寻找自己的归宿。据我理解，这个归宿不是物理学意义上某个空间的归宿，而是形而上学意义上心灵的归宿。

尕桂和几个乡民一起，相继登上司机林海兵的乡村巴士。林海兵扭头问道：

“尕桂，你这是要去哪里？”

“你的车能开到哪里？”尕桂用一种调侃的语气说。

“你想到哪里，我的车就能开到哪里。”司机林海兵同样用一种调侃的语气说。

“好吧，那我们走吧。”

“走！”

引擎发动。老榆树上的鸟受到惊吓，开始仓皇地飞行。

尕桂的故乡在逐渐远去，那丑陋的水泥房子，那倾圮的矮墙，那脏乱的街道，那被遗弃的流浪狗，那瘦骨嶙峋的牲畜，那在衰败中垂死挣扎的古老村庄……背景音乐是哈萨克族民谣歌手马木尔低沉苍老地吟唱着《摇篮曲》。这首《摇篮曲》还有一个译名，叫做《睡吧，孩子》。我曾试着用好几位汉族民谣歌手的音乐来对电影中“忧伤的尊贵”或是“尊贵的忧伤”这样一种性质的乡愁予以强调和渲染，最终的结果是，汉语（新）民谣本质上不具备尊贵的品质，这或许与汉民族没有史诗传统有关。音乐中尊贵的品质来自血脉，这种尊贵的品质在汉民族的性格中是缺失的。马木尔，这哈萨克游牧族的后裔，作为史诗艺人的子嗣，他的血脉中秉承了一种尊贵的品质。而我要一反众多小说家和电影导演对农民—农耕文明的恶俗化描述，来探究养育了我的那片土地上被忽视已久的尊贵。在这个意义上，我以欣喜的姿态拥抱了马木尔·IZ 乐队的早期音乐。当然，我也清醒地拒绝了马木尔·IZ 乐队最近的专辑《影子》里那些加入了过多工业和金属的元素因而具有颠覆性的民谣。毫无疑问，这一批像极了斯特拉文斯基（Igor Fedorovitch Stravinsky）后期音乐的民谣我非常喜欢，但它们不适合这部电影。我不懂哈萨克语，因此，在规避了歌词的潜在或显在的影响之后，我对音乐的选择权全部交付给了听觉。而这样做恰恰是对的，因为音乐本来就是听觉的艺术。

在这忧伤而尊贵的歌声里，乡村巴士缓缓驶离乡村。故乡在逐渐远去，那些披挂着湿漉漉黑色枝条的树，那些毫无建筑美感的低矮的房子和四四方方的院子，院子周围堆满了凌乱的物件，那些因常年辛苦的劳作和过多紫外线的照射而皱纹密布肤色黑红的面孔……永别了，我的故乡，我正死去的故乡，当一个物理意义上的故乡正在死去之时，我愿意寻找一个精神层面上的故乡。这样的故乡是存在的，否则，人的灵魂将归于何处？为了以象征的手法表达灵魂归去的自由，我设计了鸽子飞舞的场景，在局促的巴士车厢里。那些鸽子不知从何而来，或许是乡民装在笼子里准备去集市上出卖，由于车身在崎岖的、覆盖了一层积雪的山路上颠簸而行时，鸽笼翻落，使得被拘禁的鸽子得以飞舞。两只鸽子扑扇着翅膀，飞落在尕桂的胳膊上。更多的鸽子飞过来，飞落在尕桂面前。她打开车窗，将鸽子一只接一只地放飞。她俯身在车窗上，探出身子，张望着蓝色的天空。此时，马木尔仍在唱着那首《摇篮曲》，仿佛在冥冥之中，某个温暖的神灵轻声安抚着苍茫大地上每一个悸动的生命。

XXIII

电影中凡是出现幻觉或梦境的部分（比如尕桂躺入河流看到自己走向故乡的河流，再比如我的四舅姥爷史天生看见自己坐在七面大立镜中间独白），我采用了马木尔·IZ 乐队早期的口弦演奏。口弦是一种非常古老非常简单的乐器，用竹片或木片和线制成。它是汉族民歌手的乐器，也是回族“花儿”歌手的乐器，当然，哈萨克史诗艺人也用它来演奏。令人惊奇的是，我在埃米尔·库斯图里卡那用来展现巴尔干半岛吉普赛人癫狂生活的电影《白猫黑猫》（*Crna macka,beli macor*）里，看到一位少年一再弹拨着口弦。相对于电子乐制造的致幻剂般的迷离效果，口弦制造的迷幻，具有某种萨满的神秘和巫术的幽暗。

不知为何，这部表现汉人生存状况与精神失落的电影，一再与哈萨克发生着某种联系。除了音乐之外，我还把一个哈萨克故事（不是传说），套在了电影主人公的身上。一位兰州的诗人，由于他在大学毕业那年与一位少妇发生了那种在 1980 年代颇为禁忌的爱情，遂被校方发配到遥远边疆的哈萨克自治县——阿克塞——当了一名语文老师。不知是听闻还是目睹，他在几十年之后向我讲述了哈萨克少女相约走入苏干尔湖的故事。每隔几年，总有几位少女，手拉着手，走进苏干尔湖。我从未考证，因为对我而言，我愿意从文学和信仰的视角去看待此事，而不是用新闻的角度。当司机林海兵载着尕桂走过了崇山峻岭时，他却停下了车，给尕桂讲述了这个故事，当然，他认为苏干尔湖就在他的故乡。“听老人讲，咱们住的那个村庄原来是非常大非常漂亮的湖，”司机林海兵一边抽烟一边说，“咱们的祖先一直围着湖居住。每年冬天，总有几个十七八岁的大姑娘，就跟约会好了的一样，手拉着手，就进湖失踪了。后来，这个湖慢慢地慢慢地就干了。祖先们就慢慢地迁移到现在的村庄。所以，老人们都说，咱们这个村庄是大姑娘的故乡。”

然后，司机林海兵毅然开车，向着故乡驶去，因为他想家了，而尕桂却坚持要继续上路。她认为故乡已死，毫无回去的必要。在路上，她将找到一个形而上的故乡，那才是她真正的归宿。由此不难理解，我们执拗的尕桂正在寻找灵魂的栖息地。为此，我不得不为她设计出一个碧水微波的湖泊，但她尚需磨难，在疲惫至极的行走中，在几乎绝望的泪水里，她跪倒在干燥的土地上，耳边传来隐约的涛声。循着涛声，她向着一片浓雾走去，仿佛走向虚无。而那传说中的苏干尔湖从浓雾中显现，就像真理在普遍的迷惘中显现那样。她甚至认为苏干尔湖仅仅是个抽象的存在或是一种宇宙的元素——水，抽象到可以过滤掉她的肉体，只留下纯粹的灵魂。为此，我认为我的化身（我那被自我和超我压抑在潜意识里的本我）尕桂将会义无反顾地走入苏干尔湖，最终将消逝于水。

XXIV

现代商业电影的镜头越来越多。一位名叫约翰·科蒂的导演吹嘘说，他自己在电影《大河奔流》中用了九百多个镜头。天！而那位永远先锋的英雄人物让－吕克·戈达尔（Jean-Luc Godard）[1] 越到后来，所用镜头越少，一个小时也就十个镜头。难道不够吗？片面追求镜头数量，难道不是一种思想缺乏深度的症候。观众的眼球被过多的镜头牵引和干扰，难以集中精力用于凝视。事实上，艺术和这个世界一样，或者说，电影里的每一个人物和现实中的每一个人物一样，需要的是关注，而不是忽略，需要的是持久的凝视，而不是一闪即逝的观望。同样，我所敬仰的希腊导演安哲罗普洛斯（Theo Angelopoulos）和德国导演赫尔佐格（Werner Herzog）杜绝用太多的镜头切割画面。他们坚持长镜头的魅力并使之成为一种神圣的仪式。

哦，尤利西斯的凝视！

---

[1] 戈达尔是法国新浪潮电影的重要人物之一。1985年，安德烈·巴赞（Andre Bazin）主编的《电影手册》聚集了一批青年编辑人员，如克洛德·夏布罗尔、特吕弗、戈达尔等50余人。他们深受萨特的存在主义哲学思潮之影响，提出"主观的现实主义"口号，反对过去影片中的"僵化状态"，强调拍摄具有导演"个人风格"的影片，又被称为"电影手册派"或"作者电影"。新浪潮电影采用低成本制作；启用非职业演员；不用摄影棚而实景拍摄；不追求场面刺激和戏剧化冲突。

但是，有多少中国人接受过长镜头的熏陶？

我翻遍了记忆，大脑中充斥着电影的垃圾。最初，是战争片。流动的露天电影。我大概十二三岁，跟随着小姑姑和她那几个被青春期的雌激素催长出丰满乳房和滚圆臀部的女友，经常性地翻山越岭，去寻找流动放映队的踪迹，去一遍重复一遍地观看战争片。你怎么会忘记那些用于宣传的战争片？非黑即白。好人坏人。每一个人物都被剥离了人性从而变成了政治机器。虚夸的表情，总是陪衬着过于激昂的交响乐。痛快淋漓的杀戮，仿佛在砍伐无痛无苦的稻草人，全然不顾敌人也和我们一样有血有肉有情有感。电影培养着我们的仇恨和暴力。我们何曾学习过爱的艺术？在这一片荒芜的电影教育中，我依稀记得一部忘记了名字的彩色电影里，一名年轻的女兵，不是因为战争，而是因为爱情，在夜晚的河流中独自行走的倩影。齐肩的黑发，稍带方形的脸，厚厚的嘴唇，被一丝隐约的慌乱和焦灼弄得楚楚动人的眼睛……这个女人的形象深植在我的记忆里，成为我此后多年竭力寻觅和追求的爱人的原型。

自从有了能够表达爱情的电影，我那故乡村庄里好勇斗狠的年轻人放弃了武术和气功，承包了乡政府的放映设备，开始专心致志地做起了高雅的生意。而我，由于没钱看电影，只好利用惊险刺激的翻墙术和几乎总是令人快要窒息的钻洞术，偷偷进入围墙里的露天电影院，享受电影给我带来的感官和精神的愉悦。

如果那些具有先锋精神的电影《黄土地》、《蓝风筝》、《那山那人那狗》和《三峡好人》等作品成为一种美学传统，又会如何？如果中国的大多数导演都像安哲罗普洛斯、赫尔佐格、文德斯（Wim Wenders）、阿巴斯（Abbas Kiarostami）和侯孝贤那样坚持艺术的美德而不是急切地投入商业电影的浊流，则又如何？一个民族的性格，会不会被电影塑造？

在我成长的少年时代，也就是1980年代，大概过了极为短暂的几年，稍有艺术追求的电影迅速被香港的武侠片和警匪片所淹没，尤其是录像技术和DVD技术的普及，电影院也就成了历史。35毫米摄影机拍出的画面被扭曲为1:33比例的电视画面，复杂的电影混音被电视小喇叭过滤成单一的响声，成就每一部电影风格的色彩也因电视亮度的接受差异而失去应有的色温和饱和度。噢，我的眼睛从此病了……

从此，我（我们）就彻底丧失了尤利西斯的凝视。如果不是安哲罗普洛斯，如果不是赫尔佐格，如果不是文德斯，如果不是阿巴斯，如果不是侯孝贤……我那在背叛灵魂的罪孽中已然脏污的凝视能否获得救赎？

甚至，那位因捍卫“三民主义”的理想而困守古堡抵抗的战士，当他陷入重围，弹尽粮绝，最后不得不缴械投降的时候，他的生命能否获得救赎？

否。我那从未当过演员的杨家巴巴神情黯然地摇头。那位可敬的三民主义者背负着罪名，遭到杀戮。行刑队在这古堡里开枪。三民主义者的鲜血渗入土地，滋养了新草与鲜花。

杨家巴巴在殇叹之余，遵照我的指示，开始挖掘一棵小榆树。小榆树的根深深地探入土层，仿佛饥饿的手指，在温热的黑暗里摸索着三民主义者渗入土地的血。杨家巴巴吃力地挖掘着。他要在这棵小榆树的树梢上插满皮影。作为一个皮影艺人，他对皮影痴迷一生。如今，年轻人要么去远方的大城市（尤其是长江三角洲和珠江三角洲上新兴的制造业城市）打工，要么搬离农村，去了县城做生意。他们同时还带走了孩子。整个乡村死亡了。每当杨家巴巴在村子里漫步，除了越来越多的流浪狗和越来越多的荒草，他能碰见的鬼魂比活人还要多。也许连鬼狼沟和髮狐洼上的鬼魂都受不了寂寞的摧残。也许，乡村真的已经死去。节气死了。庆典死了。谁还记得五月端阳的清晨阿妈为你酿的醪糟为你的手腕和脚踝系上的彩线？谁在门楣上插柳？谁在八月十五的夜晚唱一出皮影戏？谁在大年三十的黄昏燃烧着冥钞召唤着祖先一同守夜？

电影导演大卫·林奇（David Lynch）曾经如此感叹："电影真是表现潜意识的伟大语言。"[1] 我让杨家巴巴扛着一棵插满皮影的榆树睡眠，让他做梦，梦见他扛着皮影树在冬天荒凉的大地上漫游。也许不仅仅是做梦，也许可以理解成杨家巴巴的潜意识活动。他对皮影的迷恋，他对皮影艺术不复辉煌的伤感，他对自己失去精神依存的恐惧，统统缘于潜意识。由此，不难理解他扛着皮影树到处寻找段家巴巴（这年轻时代的皮影戏搭档），而那吹着唢呐的段家巴巴对他想要在临死前演唱最后一场皮影的建议不置可否。

---

[1] 克里斯·罗德雷编：《我心狂野——大卫·林奇访谈录》，冯涛译，生活·读书·新知三联书店，2004年初版，第200页。

我们把摄影机架在四合院的土墙上，用来拍摄杨家巴巴抱着皮影树坐在满院子的玉米上睡眠。这是西北农村普通的院落。水泥地面上露出裂纹。坐北朝南的土坯房覆盖着青灰色的瓦片。像毛巾一样沾成一块的土豆做的粉条挂在院子当中的铁丝上。一只羊羔凄婉地叫着。我那因年老而常感疲倦的杨家巴巴进入了梦乡。院墙的外面，杨家巴巴的儿子——哑巴猎人——和羊贩子张狗狗出现在门口。在这个阴郁的、暗示着雪天的上午，哑巴猎人收获不小。他用自制的猎枪打中了一只雉鸡。实际上，用来做道具的雉鸡是我从另一个儿时的玩伴家里买到的。我这儿时的玩伴叫什么名字来着？忘记了。只知道他姓金。他的妻子深受风湿性关节炎的折磨。我这姓金的儿时玩伴在田野上设下网罟，逮住了七八只活着的雉鸡。这些雉鸡养在遮篷的鸡圈里。哑巴猎人打猎的时候，遇见了羊贩子张狗狗。张狗狗对杨家巴巴的那一包皮影觊觎已久。据他所知，那些年代久远的皮影可以当成古董去兰州或是西安的旅游点卖个好价钱。于是，他唆使哑巴猎人去偷皮影。

最初，我是想找少年时代教我唱“花儿”的回族朋友马娄娄（如今他是个牛羊贩子而且还承担了屠宰的活计）来扮演羊贩子的角色。几年前，他搬离了我们共同生活的村庄。如今，他生活在一个回族聚居区紧靠一座清真寺的宽敞的宅院里。有一天，我一边吃着他妻子凉拌的那极其可口的牛头肉，一边听他爽快地答应我所有的请求。少年时代，他和我有过多么深厚的友谊啊。我记得，他甚至把他头顶那专属于穆斯林的丝织白帽子让我整天戴着。但是，等到拍摄羊贩子的戏的那一天，马娄娄失踪了。前一天夜晚，我还给他电话专门嘱咐了拍戏的事情。可是，一夜之后，他的手机处于关机状态。情急之下，我只好请场工张狗狗(与我有着血缘上的远亲关系)来扮演羊贩子的角色。他确曾当过羊贩子，也确曾贩卖过古董，还曾是个盗墓者。他和哑巴猎人（小时候他与我是对门的邻居）友谊甚笃。这样一来，张狗狗和哑巴猎人的表演，竟然出人意外地有了一种冰冷的默契。或者可以这样说，他们不是在表演，而是在呈现。呈现什么？呈现生活。他们只需要忽视摄影机和一群来自北京的文艺小青年，就可以舒展大方地生活在自己的世界里。那个世界对他们而言，是封闭的，但却是自足的。在这个意义上，我也就明白了为什么哑巴猎人总会轻而易举地理解导演的意图。只需要稍加提示,他的脸上就会展现心领神会的自信和喜悦。此时，他吸了一口烟，甩了甩头，让脸上的自信和喜悦尽快被风吹去。一种忧愁和惊惧的神色像是面具一样罩住了他的脸庞。他蹑手蹑脚，走进院门，用猎枪换走了杨家巴巴怀里的皮影树。我又一次将镜头切换到梦境，用来展现杨家巴巴的潜意识。他梦见自己手握一杆猎枪，穿过矮树林，爬上山坡。他梦见自己举枪瞄准。而枪口指着的，却是一株长在山顶上的皮影树。皮影树下，围坐着三位老人——杨家巴巴、段家巴巴和程家巴巴。这三位老人在轮番独白。作为导演，当然也是作为一个晚辈，我无从知晓他们与皮影的缘分。对于岁月深处的故事，我保持一种审慎的敬意，从而放弃了编造的狂妄。我把言说的自由转让给了电影中的人物。我让他们依次说出自己的经历。于是便有了——

A. 杨家巴巴的独白："一九六零年把人饿坏了。饿着，唉，只是活着哩，没饿死。一九六一年以后呢，我就开始想，还好，咱们还有个皮影戏。皮影还在那儿放着哩。老艺人们都饿死了，没人了。还有几个跟他们一起唱过戏的外地的老汉还活着。咹，那就想办法跟他们练习着唱个戏，这还是个蹭饭的门道。一九六零年之后呢，咱们这儿有一种给神唱皮影戏的传统哩,我们几个人先是试着唱了一下。那时候,我已经大了，二十几岁的人了。那场戏简直就不像一场戏。我们七八个人人唱着哩么,不像人家唱匠们唱的么。唉,那就只能这样了。后来,外地有人来请我们去唱戏。第一台戏我记得很清楚。高家湾的人来请戏，去呢还是不去呢？这时候，咱们何家沟有几个人说我，说是那小伙子聪明得很，念书毕业了么，没地方去，没事儿干，就把他叫上吧。我就开始学习吹拉弹唱。头一台戏我们就去了外地。唉，不会唱么……不过这样一来，总比在家里吃得饱，别人能多给一点洋芋汤汤儿，那就多吃一点子……”

B．段家巴巴的独白 :“人都说，唉，娃娃们都到外边叼着吃去了。那时候，人都饿极了不叼是由不得人了。看见人家拿着馍馍时馋得受不了，有的娃娃叼哩，我还胆小不敢叼。我就吃些菜根根还有人家路上扔在沙石里的萝卜皮皮儿。就这样晃了一圈儿，还是不行。收到收容所里，饿着呆不住，偷着跑掉，还是赶紧往家里头走，再不走，连命都得丢掉。然后我就从文峰镇走起了，连夜走起，到了第二天晚饭时候我就磨到家里了。磨到家里么，我就睡下了。我妈问我说，你出去哈也没弄到么，现在全家人都快要饿死了么，你说咋办哩？我说，没办法，没办法么，只能饿死了。这就到了一九六二年了。一九六二年就唱起了皮影戏……”

C．程家巴巴的独白 :“一九六零年差点把人饿死了，每天二两面，吃不饱，再吃点榆树皮皮儿还有苦菜叶叶儿。后来念书，我念到了一九七二年高中毕了业，正赶上农业合作社，开始挣工分。挣工分吃饭么，人家大人挣着九分工，我只挣得七分工。别人一天能挣到一毛八分钱，我就能挣到一毛四分钱。后来我开始学着唱戏，就能挣到九分工。这样，我就开始学着唱开大戏了……”

D. 杨家巴巴的独白："如今，不知怎么的，我思想上就不太高兴了。唉，现在唱戏着为啥来？要名堂没名堂。原先是为了混肚子么，现在呢，混肚子我能吃饱了么，唉，我也就一二十年不唱了。我这一二十年就再没唱。现在，几个人都说，老了么，借个机会再唱一晚上戏，七十几岁的人了么，快完了么。可能，现在你让我唱我还真唱不成了……”

XXV

有学者否认大饥荒年代曾经发生过饿死人的现象。中国的绝大多数所谓的学者（当然还有绝大多数所谓的作家），并不具有知识分子独立的人格和爱思爱智慧的天真。他们是权力的附庸。这是一个源远流长的污浊的传统，可以追溯到为各个君王殷勤献策的孔老二的时代。孔丘曾经周游列国，但不是像拿撒勒人耶稣基督（Jesus Christ）那样为民众传播关于爱和宽恕的真理，也不是像苏格拉底（Socrates）那样一方面坚持自己的真理而接受法庭渎神的审判并且拒不认罪，一方面敬仰法的精神（由500人陪审团彰显的多数人意志的体现）而服膺死刑的判决最终欣然饮鸩。[1]当耶稣基督为承担人类的罪而走向十字架的真时，当苏格拉底以肉体殒灭的代价坚守真理之时，孔老二却在教导人们要“学而优则仕”（相反，老子和庄子却成了东方的犬儒主义者）。

---

[1] 参考柏拉图：《苏格拉底的申辩》，吴飞译/疏，华夏出版社，2007年初版。“公元前399年，一个叫莫勒图斯的年轻人在雅典状告哲学家苏格拉底，说他不信城邦的诸神，引进新的精灵之事，败坏青年。于是，苏格拉底被传讯，在500人组成的陪审团前做了著名的申辩。但申辩并没有挽救苏格拉底的性命。他最后被判处死刑。”在监禁期间，苏格拉底的弟子暗示，可以帮他逃到别的城邦，但他予以拒绝。“苏格拉底之死和耶稣之死，为西方文明打下了两个基本的色调。”作为西方文明的两个源头，苏格拉底和耶稣选择了抛弃肉体走向灵魂的向死而生。作为东方文明的两个源头，孔子和老子，却从未面临过灵魂和死亡的拷问，因为他们对肉体和世俗生活的眷顾超越了一切。他们留给东方文明的，也就是一套功利主义的生存术。

于是，一个官僚传统的滔滔大河侵临于汉民族的智性之上，慢慢变为功利主义的大江大海。我们何曾有过职业化的学者或是作家与诗人以及艺术家的传统？为了权贵的利益，中国的文人可以把谎言重复千遍从而以真理的面目横行人间。为了权贵的利益，中国的文人可以使常识沦丧，真假颠倒，善恶不分。

但是，经历饥饿的人还未死绝。我从小就听闻祖母无数次地讲起1958—1960年可怕的大饥荒，那可不仅是中学历史教科书上所说的“三年自然灾害”所致。根据祖母回忆，那三年出人意外地风调雨顺。1957年，田野里庄稼无比葳蕤。可是，官员驱赶百姓去大炼钢铁，去享受共产主义大锅饭，而任庄稼朽烂在地里。第二年依旧风调雨顺，但是人们已经没有了种子。罔顾惶恐的百姓，地方官员（当然少不了文人的参与）却在“大放卫星”，向伟大领袖以工作汇报和新闻特写的形式诉说“亩产万斤”的魔幻现实主义传奇。

借助电影，我要为那段惨烈的历史作证。趁着三位皮影艺人苟活于世，我要为那段丧失人性的历史保存证据。为此，我在电影进行到一半的时候，放弃了虚构，转而以纪实的手法，录取了他们的独白。拍摄之前，我不曾预想过他们独白的内容。我让他们任意叙述学习皮影戏的经历，没想到却因此开启了那段尘封的饥荒史。时至今日，当我们从事艺术是为了开启灵魂的旅程，谁会想到中国的民间艺人却仅仅是为了活着（动物性的存在方式）而把时间乃至生命奉献给了艺术。在这个不道德的世界上，他们依靠残破的艺术过上了一种道德的生活。

有一段时间，佛教使我陷入虚无主义，并使我对周围不道德的现状保持冷漠。关于罪恶,佛教教义与基督教教义有一个截然不同的界定。佛教认为，人人本性清净，只是在无始以来的漫长时间的河流中遭到了污染；而基督教认为，人有原罪，因此，一个基督徒的一生就是通过爱与宽恕,获得救赎。而一个佛教徒,则要用一生来清除罪恶的污垢。有一次，我问年轻的宁玛巴上师根秋泽翁：“既然人人本性清净，染污从何而来？”上师无语。我只得另寻出口，在远离佛教的世俗之地。美国导演马丁·斯科塞斯（Martin Scorsese）在他那青春期的阴暗作品《残酷大街》(*Mean Street*）的一开头，就由黑手党之徒查理的独白给我迷茫的精神世界制造了一道闪电。查理说：“你不是在教堂里赎你的罪，你是在街头，在家里，赎你的罪。”没有人生来就在真理当中，而不受两难困境的选择。查理一方面想要成为圣徒（道德选择），一方面想要在黑手党内部获得晋升（欲望选择）。道德和欲望的冲突，构成了我们的人生。有人在道德和欲望的冲突中超凡入圣,有人却不得不失去生命。当然，还有别的冲突。马丁·斯科塞斯的另一部电影《恐怖角》(*Cape Fear*)，阐释的则是职业道德与普世价值的冲突。在一个遍布冲突的世界里，我相信查理的独白对我这个迷茫的佛教徒指明了修行的路径：你不是在寺院里修行，你是在街头，在家里修行；你是在导演每一部电影的艰难工作中修行；你是在终其一生的写作中修行；你是在争吵不断的婚姻生活中修行；你是在公民社会中为了普世的权利和义务而修行。

因此，我觉得拍电影有时候也是一种罪孽。当哑巴猎人一枪打准了那只雉鸡的时候，我看着雉鸡疼痛的颤抖和它那充满惊慌的眼睛，不是出于怜悯，而是由于罪孽，我的心在发抖。同样的心灵颤抖发生在张狗狗宰杀一头羊的时候。但是，电影叙述的逻辑，迫使我不得不创造这样一个情节。很多故事已经超出了剧本的界限。一切都不在想象中发生。我必须适应每天变动不居的人与事，即时调整思路，迅速作出判断，否则，这部电影将难以完成。马丁·斯科塞斯就是因为以兴之所至的、带有浪漫主义的自由创作精神在拍摄《纽约，纽约》（*New York, New York*）的时候，陷入了一场可怕的“滑铁卢”。虽然此前，他在拍摄与约瑟夫·康拉德（Joseph Conrad）小说《黑暗的心》（*Heart of Darkness*）有着隐秘关联的电影《出租车司机》（*Taxi Driver*）时，也曾抛开剧本，但是，由于资金限制（190 万美元），他并没有走得太远。但是，这一次，700 万美元的投资膨胀了马丁·斯科塞斯的野心。他开始变得自大，抛开剧本，即兴创作了很多内容，因而也就用掉了很多胶片，结果，这部电影变成了一场灾难。

像我这种既无资金又无经验的菜鸟级导演，为了从毫不坚挺的 30 万人民币的可支配资金里压榨出哪怕一丁点的水分，从而不惜绞尽脑汁。我可不像提姆·波顿（Tim Burton）那样在摄影棚里拍摄诸如《爱丽斯梦游仙境》（*Alice in Wonderland*）或是《大鱼》（*Big Fish*）之类的作品。没有听命于导演的专业演员，没有随意控制的背景，没有电脑合成。天气在变化，你原本想要的大雾久久不来，你想要拍摄的雪景总被阳光融化，而你的演员，那些农民，他们大多数人根本不以为你今天的拍摄会比他去贩卖药材或是喝酒打牌更为重要。但你需要的就是这种原生态。一方面，你受限于金钱的制约，但另一方面，你就是想要让那些不经修饰的人物出现在电影中。或许，在西部电影、恐怖电影、科幻电影和黑色电影等各种类型电影之外，这是另一种类型电影，其朴素的呈现方式属于伊朗导演（比如《小鞋子》、《樱桃的味道》和《醉马时刻》等）最为擅长的电影类型。或许应该把这种类型的电影称为第三世界电影。相比发达国家的导演，我们匮乏于金钱和科技，但我们唯一不曾匮乏的，是贫困、苦难、专制与独裁以及在贫困、苦难、专制与独裁中从不丧失的人性的尊严，只要原汁原味地呈现出这种人性的尊严和我们残酷的现实，就是我们第三世界导演的独特之处。金钱和科技无法复制这种东西。当全世界的观众被好莱坞那些烂俗的商业电影惯坏了之后，仍有一些欧洲和亚洲的导演拒绝向这些观众邀宠，比如安哲罗普洛斯的《雾中风景》(*Topio stin omichli*)、赫尔佐格的《阿吉尔，上帝的愤怒》(*Aguirre,the Wrath of God*)，比如伊朗导演的阿巴斯·基阿鲁斯达米（Abbas Kiarostami）[1] 的《樱桃的味道》(*Taste of Cherry*）和库尔德裔导演巴赫曼·戈巴迪（Bahman Ghobadi）的《醉马时刻》(*A Time For Drunken Horses*)，等等。

[1] 来自维基百科的一段资料显示，十多年来，阿巴斯的电影不能在伊朗本土公开上映，大多数电影只能通过盗版DVD和地下放映为人所知。阿巴斯剪辑电影只能在深夜进行，创作上也受到很多限制。对他在国外的巨大声誉，伊朗政府认为是一种阴谋，是向欧洲人“专门推广伊朗的坏电影”。但是阿巴斯不愿意做一个意识形态的“殉道者”，也不愿离开伊朗。他说：“树木植根于土地，移植树木就活不长了。我最好的作品确实是在伊朗拍摄出来的。伊朗有人攻击我是在为欧洲人创作电影。我在拍电影时从不考虑观众。如果在我自己家附近找不到观众，我想，远一点的地方会找到的。”

XXVI

杨家巴巴从梦中醒来，发现怀里抱着的，不是皮影树，而是一支猎枪。他知道，是自己的哑巴儿子偷走了皮影树。哑巴并不了解皮影对自己的父亲意味着什么。他甚至有些疑惑自己的父亲是不是神经有些失常。那一个个具有古怪人形的皮影，就像鬼魅。好多个难以入眠或是被噩梦惊醒的夜晚，他总是看到父亲在幽暗的光影里舞弄着那些鬼魅般的皮影。是那些鬼魅般的皮影令父亲着迷。在哑巴看来，那些皮影就是鬼魅的化身。他们已经深深地吸附在父亲的灵魂上，令他的肉体日益孱弱。哑巴害怕父亲被那些鬼魅蚕食。哑巴和我们一样，害怕失去父亲。他无法想象在失去父亲之后自己如何在这个空旷的世界上生活。对于一个从小就没有母亲的人来说，这个世界已经足够空旷了。假如再失去父亲，他就会觉得在这空旷的世界上连最后一丝可以呼吸的空气都不存在了。我们都有这样的恐惧。所以，哑巴偷走皮影，不仅仅是为了卖钱。他有更为隐秘的想法，但却不为我们所知。我们不愿意调动第六感进入到哑巴的内心。我们思维懒惰，以为语言一旦消失，沟通和了解就难以完成。是我们这些所谓的健康人，把哑巴猎人推挤到一个孤独的世界。

哑巴猎人把偷来的皮影卖给了羊贩子张狗狗。他得到了三百块钱。但是，他用了一晚上去赌博，结果全输了。翌日清晨，哑巴猎人神情懊丧，回到家中。他推开门，走进院子。一杆枪顶在了他的脑袋上。愤怒的杨家巴巴大喊一声："你这混蛋，把我的皮影弄哪里去了？"哑巴猎人显然感觉到了令他头皮发凉又发麻的东西。那是枪口，是他几乎每天都要抚弄的枪口。他把火药灌进去，又把钢砂灌进去，还要用一根铁杆塞进枪筒，捶实火药和钢砂。我一直在想，杨家巴巴可能会为了心爱的皮影，不惜开枪。估计哑巴猎人也会这么想。所以，他迅疾抽身，夺门而逃。杨家巴巴一边诅咒着，一边追赶出来。他举枪对准了小道转弯之处，因为哑巴跑过家门前的蜿蜒的小道，必将在与大路相接的转弯处出现。"砰"的一声，枪响了……显然，哑巴猎人已经跑出射程之外。杨家巴巴不得不追踪着，跑过铺满高粱的田地，跑过荒火蔓延的野地，最终在一片松树林里抓住了躲藏的哑巴儿子。

哑巴猎人带着父亲，找到了正在杀羊的张狗狗。

"喂，狗狗，"杨家巴巴说，"你把我的皮影弄哪儿了？"

"那是我用钱买的，咋啦？"

"买的又咋啦，那是我的，我要拿走呢。"

"那你就把钱还给我。"

杨家巴巴转向哑巴儿子，质问道：

"你把人家的钱呢？"

哑巴猎人耸耸肩，摊开双手。

杨家巴巴显然被激怒了。他抽打着哑巴儿子的脖颈，踢踹着哑巴的腿脚。张狗狗赶忙说：

“杨家巴巴，你别打了，你把钱还了，就可以把皮影子拿走。”

“那好，你把皮影给我拿回家，我就把钱还你。”

乡村公路上，一辆摩托车上坐着三个人。张狗狗戴着棉帽，穿着一件军大衣。杨家巴巴拎着一支猎枪。哑巴扛着皮影树。这是一个多么超现实的场景！但我知道，杨家巴巴并没有钱。等他们到了家门口，他只好把一只羊羔塞进张狗狗的怀里。他不愿亏欠羊贩子张狗狗。在他贫穷的一生中，他从未亏欠过任何人。在我的故乡，这种从不亏欠的传统是什么时候断绝的呢？我记得在我上大学的第一年，由于此前接连三年的干旱，致使庄稼颗粒无收，而杂税却不见减少。那是一段极其艰难的岁月。我没有经历过比那段岁月更黑暗的生活，但是，我的祖父母无疑曾经度过比那还要黑暗和绝望的日子。1929年，“陕、甘、豫、晋、察、绥、皖等大旱，灾民三千四百万人……”[1]。我那十五岁的祖母跟随她的母亲一路逃荒，从甘谷开始乞讨，一直走到陇西，其艰难的旅程伴随着饿毙的危险和被狼群吞噬的威胁。然后，又是1958—1960年的大饥荒。到处都在饿死人，尤以甘肃、四川和安徽为最。我的祖父仍然不曾亏欠任何人。他赶着马车为“引洮工程”的民工拉粮，但他连一粒麦子都没有带到家中。我的祖母也不会因此而抱怨。这样

[1] 参考邓云特：《中国救荒史》，台湾商务印书馆，1987年第四版。“我国灾荒之多，世罕其匹，就文献多可证者言，则自西历纪元前十八世纪，直至纪元后二十世纪之今日，此三千数百余年间，几于无年无灾，从亦无年不荒；西欧学者，甚有称我国为‘饥荒之国度’（The Land of famine）者，诚非过言。综计历代史籍中所有灾荒之记载，其情形之严重与频数之繁多，殊堪咋舌。而前代统计调查之不完备，记录遗漏者其数当犹不少。然即就现有之文字记录而言，几已填满史册，不忍复加矣。”（第1-2页）但是，邓云特先生认为，“历代严重灾荒之发生，天然条件固有相当之影响……然吾人如更详考典籍之记载，穷究灾荒之最后原因，或促发灾荒之基本因素，则知驾乎自然条件之上，尚有最根本之人为社会条件存焉！……然其所以称为灾害且达于严重之境地者，实由于社会内部经济结构条件之恶劣所致”（第81页）。

一种传统像血脉一样在我祖父母的生命中传承着。所以，就在我上大学那年，当乡政府的官员送来一袋面粉（名为“救济粮”）的时候，我那仪态威严的祖父挡在门口，冲那官员说：“我就是趴在地上舔羊粪，也不依靠别人的救济。”

可是，现在呢？随着我祖父母那一代人的逝去，我们还有几个人敢说自己不曾亏欠？到处都是贪污腐败和行贿受贿的人，到处都是。而那些稍有良知但却幼稚的知识分子却将此推卸给了“体制”，仿佛“体制”是一种独立于人/人性之外的东西。西方政治思想史的一个常识：有多恶的人民，就会有多恶的政府。同理，有多恶的人性（土壤），就会有多恶的体制（恶之花）。先知穆罕默德最后一次去清真寺，是在他死前两天。他说：如果我曾伤害过谁，我愿接受鞭笞。他又问：我是否对谁有所亏欠。有人回答：有，你欠我三个德拉克马[1]。穆罕默德叫人把钱还了。他说：宁愿现在受辱，也不能等到末日审判。[2]但是，一个世俗主义和唯物主义的种族，怎能相信末日审判和天谴？吊诡的结论便是：一个不信天谴和末日审判的种族，怎能凭借不受节制的欲望找到打开现世困境的钥匙？

[1] 德拉克马：古希腊银币。

[2] 参考托马斯·卡莱尔（Thomas Carlyle）：《论历史上的英雄、英雄崇拜和英雄业绩》（*On Herors*、*Hero-worship and the Heroic History*），周祖达译，商务印书馆，2010年初版，第85页。

XXVII

杨家巴巴扛着皮影树在大地上漫游，如同在梦中行走。他走过蜿蜒崎岖的山路，走过一个个荒凉的村庄。他曾多次梦见自己如此行走，并在日落时分的一个葬礼上找到了好友段青荣（我叫他段家巴巴）。他央求段青云跟他一起去唱一台皮影戏，因为死之将至，而唱死在戏台上，当是一种最尊贵的死亡方式。在葬礼上吹唢呐赚钱的段家巴巴拒绝了杨家巴巴的请求。一种穿越骨髓的伤感刺透了梦境。但是，杨家巴巴坚信，多年前一起唱过皮影的段青荣一定在某个幽暗的角落里等待着他。正是这种信念牵引着他走在黄昏的山区小路上。在小路拐弯之处，一阵凄凉的唢呐声从远处传来。杨家巴巴循着唢呐声，走过光秃秃的田野，来到一个土坑旁边。土坑周围堆积着潮湿的泥土。显然，这个土坑新挖不久。另一位早年一起唱过皮影戏的朋友程殿荣（我叫他程家巴巴）蹲在土坑边，默默地抽着旱烟。铜制的烟枪上堆积着厚厚的烟垢，而烟枪上被手长年抚摸之处，则闪烁着锃亮的光芒。

段家巴巴躺在坑里吹唢呐。

杨家巴巴问："你们这是在干嘛？"

程家巴巴瞄了一眼段家巴巴，心事颇为沉重地说："我在地里挖党参着哩么，挖着挖着，我心里跟火烧的一样，就跑来找他，想要谝个闲传，聊个心事，结果却见他躺在坑里吹唢呐，问啥都没个言传。”

杨家巴巴厉声质问段家巴巴：“你到底在做逑啥呢，唵？”

唢呐还在吹，音乐却在减弱。过了许久，段家巴巴蠕动他那青紫色的厚嘴唇，吐出唢呐，幽幽地说：“唉，残忍着说不成。我梦见咱们以前的一个交往，叫王银，三天前给我托梦哩，说他要走呢。我觉得吧，他已经走了。我心上难受得不行么，好像火烧的一样。没事儿干么，我就到这儿吹唢呐着哩。”

“我也有这种感觉，”杨家巴巴说，“前天晚上我也做了个梦，梦有些不吉利，那人可能已经去世了。”

程家巴巴接过杨家巴巴的话说：“朋友之间，人们用各种各样的方式相互送行哩么。咱们就会唱个皮影戏么，如果你同意的话，那就唱一台皮影戏给朋友送个行么。”

段家巴巴抬头望望程家巴巴，又望望杨家巴巴，像是在征询意见似的说：“这倒可以可以……”

三位老人开始搭建戏台。纸做的屏幕，棉花捻子，铜制的灯台，这一切都按照他们年轻时一起唱戏时的风俗。当青灯挂起，纸屏上立刻便有摇曳的红光。就在他们准备对着空旷的原野和风中游弋的好友的灵魂唱起一台经典的皮影戏时，长年对风独白的四眼子婆娘走了过来。这个能在天黑以后看见灵魂世界的女人，从早到晚都在讲述灵魂世界的故事，但却很少有人相信。她对杨家巴巴说：

“杨家巴，你们别唱了……”

“怎么别唱了吵！”

“我昨晚梦见咱们的村庄起火了。”

“哎，你疯疯癫癫胡说八道的……”

“真的起火了，半个天空都烧得红彤彤的。”

“去去去。你不懂。我们一个朋友……死了，我们要祭奠一下哩，你却来吵吵什么呀。去去去……”

“唉，你不相信么，真的起火了么，连半个天空都烧得红彤彤的么，你还不相信……”

四眼子婆娘一边絮叨，一边离去。

一轮霜白的圆月从那东山顶上缓缓升起，像是负荷着重量，极不情愿地脱离开连绵起伏的群山的粘连，然后，像水母一样，浮游在碧蓝大海中，显得轻盈而自在。薄纱般的月光轻笼着寂静四野里那些对风私语的灵魂。三个皮影艺人的朋友那刚刚脱离肉体的灵魂想必也在这田野上，在这刚刚建起的朴素的戏台前。一阵急促的锣鼓，催生了激越的板胡。有人扯开沙哑而高亢的嗓音，唱出了第一声：“悔不该差人化白帖……”

我已经有二十多年没再观赏过皮影戏了。导演张艺谋曾在一部被封杀的电影《活着》（改编自余华同名小说）里，为男主角安排了皮影艺人的身份。电影中有关皮影戏的那几幕场景，引发了当时身在广州的我那一股被过于物质化/庸俗化的生活掩埋在心灵深处的乡愁。皮影戏的主唱，其唱腔独特，被命名为“碗碗腔”。皮影戏发源于陕西，及至传播到我的故乡陇西，腔调已经走样，尖细的“碗碗腔”被一种粗粝的嗥吼所填充，因而具有了别样的蛮荒和野气。我还记得十二三岁时挤在人群中观看皮影戏的夜晚。双脚被地下冒出的寒气冻得麻木。

从戏台上发出的昏暗灯光隐约照在攒拥的人头上。我看见不在少数的十七八岁的生猛少年，他们紧紧地贴在少女的身后，双手探进少女的棉袄，握着青春悸动的乳房。后来，有了电影，少男少女们也就更加心安理得地挤在黑暗里，享受青春期抚摸与被抚摸的恐慌与幸福。再后来，有了电视，粗犷而刺激的爱情随之消失。如今，乡村里的年轻人全都挤入城市，只留下空旷而寂寞的村庄，给世代坚守的孤独的神灵。只有行将就木的老人，还在残破的节气里，不忘祭祀的艺术，为那孤独的神灵唱一台皮影戏。皮影戏台下，除了另外几个行将就木的老人之外，还有一群骨头锋立的流浪狗。这就是我那故乡如今的现实一种。

难道仅仅是出于缅怀之情，我才安排这一场三个老人为纪念友人而演出的皮影戏？假如从较为抽象的意义上来理解，当三位老人在骤然而起的大火中依旧高歌，并在火中渐渐消失之时，你有没有在思的层面上触及死的本质。而皮影，在电影中以一种符号化的隐喻，最终被火吞没，这又暗示了什么？

XXVIII

十月中旬，我和摄影师黄笑语去寻找外景，顺便物色演员。当然，这些演员早就存在于我的心灵。我熟悉他们中的大部分人。哑巴猎人是我童年时的玩伴。他在家里向我展示他自制的猎枪。杨家巴巴是我父亲的好友。他的聪慧被一个疯狂而荒诞的时代所戕害。他养过多年的蜜蜂。他还贩卖过古董，足迹遍布大半个中国。程殿荣是我家邻居，并跟我那拉板胡的父亲同在业余秦腔剧团共事多年。少年时代，每有新戏排好上演，我总要坐在父亲身旁，为他翻剧本的乐谱。程殿荣就在离我不远的戏台上表演老生的角色。我还经常溜进后台，看他和别的演员一起化妆。段青荣和我父亲同在一个剧团。他是鼓手。1990 年代初期，有那么几年，好运气像潮水一样追随着他。他去挖党参，一锹下去，挖出的不是党参，却是古陶和银币。在劳动的间歇，他躺在地上休息，总能听见千百年前被沉埋在大地深处的金银珠宝向他发出压抑的呼唤。他觉得那些金银珠宝就像渴望涌出地面的泉水。只用了三年时间，他从地下挖出的宝贝便装满了一个巨大的帆布手提袋。段青荣挖出宝藏的消息像烟雾一样从这古老而闭塞的山沟里散布出去。一个从远方赶来的回族商人背着成捆的钞票，买走了他的金银珠宝。他不知道，好运气的背后紧随着死神的阴影。一场突如其来的大病损耗了他的财富，并差点要了他的命。经过一场生与死的折腾，他终于明白了安贫若素的好处。

从物色演员到最后出演，只有四眼子婆娘（我故乡的人们以为她长着两双眼睛，一双眼睛用来照看现实，一双眼睛用来观察灵界）违背了承诺。当然，我能够理解她。官员干预我拍摄电影的消息像风一样吹进了她的耳朵。作为一个半地下的、带有巫术性质的民间萨满，她惧怕官府的惩罚。

我母亲摸索着错综复杂的血缘，认出了四眼子婆娘其实是我的远房姨娘。但是，遥远的血缘早已不是维系感情的纽带。我必须付出高昂的报酬，才能请她出演。四眼子婆娘居住在另一个车程为两个多小时的村庄里。多年以来，她那能够透视灵界并与鬼魂交流的本领，一直以谜一样的传奇，吸引着我的好奇心。1980 年代一个夏天的夜晚，我一边观望着大如车轮光彩流溢的飞碟（UFO) 从天空自东向西缓慢地飞行，一边听我母亲叙述她在邻居李黑旦巴巴家观察四眼子婆娘与死去三十多年的老人相互问候的故事。四眼子婆娘详细描述了李黑旦巴巴的父亲临死前的容貌和穿着。那位灵魂在院子里徘徊。李黑旦巴巴的母亲毫不否认四眼子婆娘说出的有关她那死去丈夫的任何一个特征。没错，那就是他。2008 年，我父亲从陇西农村来到北京。他给我讲了另一个有关四眼子婆娘的故事。作为一个早年的红卫兵战士和坚定的唯物主义者，四眼子婆娘的所作所为超出了他理解的范围。

事情是这样的，我们的邻居岳兆荣因病医治无效而死亡，死前，他屁股上长着一个疮，因此，他走起路来总是一瘸一拐。岳兆荣身材高大，嗜好赌博，与妻子（我从小就叫她岳家婶婶但却因此忽略了她的姓名）感情长期不和。岳兆荣死后，岳家婶婶也得了病。她去过很多医院，但都没有效果。于是，她邀请了四眼子婆娘。我父亲和村里另外三个男人也受邀作为帮手。夜幕降临，四眼子婆娘给手电筒装上四节新电池，然后带着男巫（她的合作伙伴）走进院子。她用手电光到处照耀，然后对岳家婶婶说："你家现在的大门那儿，以前是个地窖。"岳家婶婶点头承认。没错，十年前，那儿确实是个地窖。四眼子婆娘走出大门，来到门前的土路上。那条土路的尽头就是我家。小时候，每次去麦场上跟小朋友玩到很晚回家，我总是以莫名但又最为恐惧的心情走过这条小路。经过我父亲的讲述，我大致明白了小时候之所以恐惧的缘由。四眼子婆娘用手电光照着土路中央，说那儿跪着一位七十多岁的老奶奶。我父亲以为，那位老奶奶大概是岳兆荣母亲的灵魂。不，岳兆荣的母亲是一位身材高大而肥胖的老人，而跪在土路当中的这位，则显得瘦小。四眼子婆娘耐心地描述这位老奶奶的容貌。我那九十岁的祖父很自然地想起了岳兆荣祖母生前的模样。没错，这跪在地上的灵魂一定是几十年前死去的岳兆荣的祖母。"好吧，那我们就收了她吧。"四眼子婆娘对她身边的男巫如此说道。男巫随即念诵咒语，一边挥动手中的簸箩，最后取出一张叠着怪异样式的折纸，将那可怜的灵魂收了进去。事后，我父亲曾问四眼子婆娘，收取灵魂时，到底是一种什么状态。四眼子婆娘回答说，她看见那老奶奶随着男巫的咒语而逐渐变小，然后如橡皮筋那样，既有弹性又有粘性，被折纸吸引。四眼子婆娘强调说，她和男巫绝对不会伤害那些灵魂。等到他们走到野外，他们会为灵魂解咒，让灵魂离去，并劝告灵魂不要再去纠缠活着的人们。就在男巫收取了老奶奶的灵魂之时，四眼子婆娘冲着我父亲和另外三个男人说："有个大个子男人从你们中间走过去了，屁股上长着疮，走路一瘸一拐的。”我父亲随着四眼子婆娘走进院子和屋子。四眼子婆娘命令岳家婶婶躺在床上。她说：“现在，这个高个子男人就坐在桌子上，他对你们几个男人说话，意思是叫你们别再管他的老婆了……嗯，由此看来，他们两口子以前不和睦啊……算了，我们还是驱邪治病吧。”男巫随即念咒，并以炒面撒向火把从而产生喷射的火焰。“奇怪，这男人长得魁梧，胆子却很小，”四眼子婆娘示意男巫停止念咒，并说，“他从桌子上跳下，跑了。”

灵界是存在的。这是四眼子婆娘对我的启示。她所观察到的那些灵魂的状态，契合了莲花生大士所著《西藏度亡经》中关于“中阴”的研究。2012 年 5 月，我祖父去世，我从北京赶去奔丧。在守灵期间，我的堂伯父谈起了村里的粮管所以前养过的一条狗。那条狗总在黄昏时分，冲着虚空狂吠，并且暴躁地追赶，一直追到村外被叫做鬼狼沟的山沟的沟口为止。村里人总是惊讶地观望,不知道那狗追赶的是什么。“其实，那狗追赶的是鬼魂。”我的堂伯父总结说。他有过跟随另一个可以透视灵界的人在夜晚旅行的经验。台湾戏剧导演赖声川曾经导演过一部有关中阴的戏剧《如影随形》。在剧中，多年前死去的女孩的灵魂跟她活着的女友一同成长。当然，作为艺术表达手段，这样处理我认为没有不妥之处，但是，就我的理解而言，灵魂在中阴只能停留于刹那 / 永恒的状态。我那生活在遥远故乡的远房姨娘以她朴素的经验告知，灵魂保持着一个人在濒死的那一刻所曾拥有的形象，也就是说，一个受伤的人，其灵魂在中阴保持着刹那 / 永恒的受伤状态。而一个在小小年纪死去的孩子，其灵魂并不会像我们这些生活在现实世界里的孩子一样逐渐成长。

汉文明是一种对死亡的本质和形而上世界关闭了智力的文明，也即孔丘所谓“未知生，焉知死”，或是所谓“敬鬼神而远之”，老聃则走向另一个极端，绝圣弃智。在动物性的生存层面上，汉文明发展出一种极其功利主义的人际策略，但在精神生活的层面上，汉文明则简单地复制了现实世界。在汉文明的认知系统里，天堂就是宫廷的拷贝：玉皇大帝←→皇帝，王母娘娘←→皇后；而地狱则是衙门的拷贝：阎罗王←→贪官，牛头马面的恶鬼←→收受贿赂的衙役；平民百姓对于死人的厚葬之风，则是拷贝物质生活的贪婪与奢靡，由此衍生出焚烧冥钞、哭丧表演和祖先鬼魂崇拜。我们没有基督教文明和伊斯兰文明中的众天使和数层天，以及炼狱和各层地狱。汉文明不会催生出如同但丁那样的《神曲》。虽然佛教早在西汉（公元前206—公元25年）末年传入中国，但汉人却很难理解欲界天、色界天和无色界天以及六道轮回。原始佛教（以逻辑学为支撑的生命科学）作为一种破除偶像崇拜追求理性智慧（大悲心和空正见）的文明，却被汉民族改造成了迷信（北京雍和宫大年初一万人蜂拥争烧头香的奇景足以为证）和偶像崇拜（大量佛菩萨塑像）。一道智力的鸿沟，阻隔了此岸与彼岸的世界。汉人就永远驻足在此岸的世界里，连张望彼岸的念想都不曾产生，即使有一丝念想，也迅速将彼岸世界设想得与此岸世界几无差别。汉文明这种精神生活的荒芜，造就了数千年缠绵不绝并且延宕至今的无数人道灾难。

XXIX

河谷里西风劲吹。四眼子婆娘站在一棵柳树下独白，树上垂挂的三块半黑半白的布幔随风飘动。

“小时候，我去放羊，放着放着，你看来了一场大风，大得很的那大风，把我刮到悬崖底下。悬崖底下有一颗大石头，把我碰在石头上。把我的眼睛碰烂了，淌血着哩。把我送到医院里，大夫给我治好了。大夫说，你的眼睛好了，回去吧。我说还没好，你给我完全治好了我再回家去。大夫说，你的眼睛真的好了，快点回家去吧。我就回了家。可是，一到晚上，出了房门，就看见院子里有死人，吊死鬼呀，没胳膊的呀，唉呀，真的害怕得很……”

这种恐惧折磨了四眼子婆娘好几年。每到黄昏，她都不敢出门。她难以分清现实世界的活人与中阴世界的灵魂有什么区别。但是，岁月足以磨砺人的心志。她渐渐熟悉了与灵魂安然相处。1980 年代之后，物欲膨胀与金钱拜物教逐渐取代了对一切非唯物主义的压迫，四眼子婆娘也就以半地下状态从事一种类似巫术的活动，并以此谋生。

由于四眼子婆娘拒绝演出，我只好另觅演员。恰好，在拍摄我那被神灵附体的四舅姥爷的几幕戏时，我遇见了他的儿媳（当然也是我的舅妈）龙芳河。她是一位业余的秦腔花旦演员。在我故乡那些贫穷的村庄里，很多女人思想极为保守，只有我的这位舅妈愿意出演四眼子婆娘这一角色。但是，她一直觉得自己在撒谎。在她的理解中，电影应该是一种真实生活的记录和呈现。虽然她也演戏，但是，由于古典戏曲那种过于仪式性的妆扮,那种被空间（戏台）强烈限制了的表演，隔绝了她的现实人生与所扮角色之间的关联。但是，电影，既没有脸谱化妆，也没有表现古代生活的戏服，更没有一个被限制的空间。她被坐实在自己的真实世界里，但她却只能说出别人的生活而不是她自己的生活，因此，她很不自在。这种不自在的感觉贯穿了有关四眼子婆娘的好几幕戏。

她在树下的独白显得有些生涩。而此时，经过一段时间的调教，小学生刘佳弟明白了真正的表演不是节日舞台上和电视晚会上那种夸张的动作和做作的语调。真正的表演是呈现自己的生活，包括精神生活和物质生活。所以，作为腊梅的她牵着骆驼走向柳树时，其实是在呈现作为刘佳弟的她平素牵着牛羊走向田野的情景。对于这样的情景，她无比熟悉。她取消了腊梅和刘佳弟之间的界限。

四眼子婆娘听到驼铃声，随即转身，但并没有停止独白。独白的习惯是她的一种疾病。

“我阿爸生病了……”腊梅怯生生地说。

“我知道，我早知道。”

按照风俗，腊梅从小兜里掏出一颗鸡蛋，交给了四眼子婆娘。四眼子婆娘手握鸡蛋，默念了一段神秘的咒语。她缓缓展开双手，鸡蛋破裂，流出蛋清和蛋黄。显然，这是个不祥的征兆，但是，四眼子婆娘愿意勉力而行。她骑乘着骆驼，来到田野上一间破旧的土屋前。此时，阴暗的天空中飘起了雪花。西风劲吹。河谷里呼啸着风的怨气。四眼子婆娘呼唤着男巫的名字：

"碎喜——碎喜——"

一个人从土屋那黑暗的窗户里探出头来，应了一声：

"哎——"

"腊梅阿爸有病了，走，咱们给腊梅阿爸看病去。"

"腊梅阿爸是谁？"

"就是棺材里头住了七年的那个人。"

"那人我知道，那人也真可怜，可是我顾不上去啊。"

"腊梅可怜，腊梅阿爸可怜，走吧，咱们看看就回来了呗。"

"唉呀，我家里有两个老人七十多岁了，走了家里不行啊。"

"看在那人可怜的份上，我们去看看就回来了呗。"

"唉呀，那你前头走么，我后头就跟上了来么。"

"你就快一点。"

"噢——"

驼铃声再度响起。腊梅牵着骆驼，向村庄走去。一个鸡胸驼背的男人走出土屋，跟随着骆驼。这个以男巫闻名乡村的男人名叫李建珍，同时，他还是一位孝子。另外几个身体健康的兄弟对年迈的父母弃之不顾，倒是这位残疾人赡养着父母。他的微薄的收入来自巫术活动和一个简陋的诊所。也就是说，他还是一位乡村医师。科学和巫术以一种扭曲的形态，变成了另一种原始信仰。美国文学与社会文化批评家莱昂内尔·特里林（Lionel Trilling）告诫我们："在对待原始信仰的时候，我们必须采取一种既尊重，又警惕的态度留意其中可能存在的真理，但同时也要怀疑其中的神话和非理性成分……"[1] 对于我的四舅姥爷，对于四眼子婆娘，我都保持着既尊重又警惕的态度。没有一种强大的、高级的宗教信仰支撑着他们的行为，因此，他们也就容易陷入精神的迷误和邪术的狂欢以及权力的膜拜。

出自对乡村风俗的尊崇，作为导演，我呈现了四眼子婆娘和男巫在尕桂家里的那一场巫术。男巫手持黑布缠裹的簸箩，念诵奇怪的咒语。四眼子婆娘则向男巫指示：这个地方有黑煞哩，你得好好收拾收拾；那个地方有黄煞哩……

但是，警惕之心使我决定了尕桂父亲的死。巫术拯救不了他的生命。疾病和灵魂的创伤（对人性的绝望）夺去了他的生命。

第二天，村里人抬走了棺材。这位愤世嫉俗者终于止息了他那先知般的控诉与告诫，止息了他对这个世界的恨。"我恨……这个世界……"但他不像韩国导演金基德在自拍的纪录式电影《阿里郎》中那样，对着世界嘶喊："我恨……这个世界……"别恨，亲爱的愤世嫉俗者，别恨，亲爱的金基德先生，我多么希望你们带着宽恕和爱离开这个世界，因为怨恨创造地狱，而宽恕和爱则创造天堂。

---

[1] 莱昂内尔·特里林：《知性乃道德职责》（*The Moral Obligation To Be Intelligent*），严志军、张沫译，凤凰出版传媒集团·译林出版社，2011年初版，第93页。

XXX

影片《我故乡的四种死亡方式》在北京的几场地下放映之后，总有观众觉得看不懂故事的逻辑。没错，看不懂是对的，因为长久以来，我们的思维被大量庸俗小说和庸俗电影的线性叙述浇筑得如同钢筋水泥般僵硬。矛盾冲突，起承转合，高潮，中心思想，等等等等，我们从小就被语文教科书如此教导。线性叙述其实是一种思维懒惰的表现，是在制造虚假的现实。我想打破这种虚假的现实，就像美国先锋派的一些非叙述性电影，比如霍利斯·弗兰普顿（Hollis Frampton）导演的《佐恩莱玛》（*Zorns Lemma*）或是法国新浪潮的一些非叙述性电影（比如阿兰·罗伯-格里耶导演的《漂亮的女俘》）一样，借助某一种结构，打破因果关系之链，从而创造出一种能与现实的真相相契合的艺术。

就以这部影片为例。大学生尕桂想要投河自杀，却在幻象中回到故乡的河流并听到父亲的召唤。她决定重返故乡，去寻找生命的意义。她父亲的死引发了一系列的事件。从此，故乡开始崩塌。失去家园的依归之后，尕桂在抽象的意义上找到了生命的归宿。没错，这就是线性叙述。但是，对于我这个导演来说，电影不是要给出答案，而是要引出疑问。电影作为一种艺术，成了我探索这个世界之谜的工具。于是，通过神媒的视角，我看到了一个完整的叙述空间；通过尕桂的视角，我看到另一个完整的叙述空间。同样，通过皮影艺人杨家巴巴和四眼子婆娘，我还看到另外两个完整的叙述空间。古希腊哲学家普罗泰格拉（Protagoras）说过，人是万物的尺度，是存在者存在的尺度，也是非存在者非存在的尺度。我不以导演全知全能的尺度来衡量世界（这样的世界是一维的），而是借助四个关键人物（神媒、尕桂、皮影艺人杨家巴巴和四眼子婆娘）的尺度来衡量世界，因此，这个世界就是多维的。我喜欢多维的世界。探索并且戮力认识这个多维的世界，于我而言，是一种思维的乐趣。

XXXI

因此，我把腊梅牵着骆驼去找四眼子婆娘并请求她为父亲治病的情节放在了最后一幕。如果按照线性叙述的逻辑，骆驼早在第二幕就死了。尕桂和腊梅诀别的那一幕，也不该出现在最后。但是，对于四眼子婆娘来说，她并没有看到过骆驼的死亡，她只看到腊梅牵着骆驼来找她。她也没有看到尕桂乘坐司机林海兵的乡村巴士离开了故乡，她只看到尕桂和腊梅的诀别。在大雪纷飞的下午，在那有着零散草垛的麦场上，尕桂把腊梅托付给四眼子婆娘。腊梅逐渐走出尕桂的视野。突然，腊梅转身，奔向尕桂，继而扑进她的怀抱。姐妹俩紧紧地拥抱。那一场苍茫大雪，迷蒙了远山，也迷蒙了姐妹俩的身影。四眼子婆娘走过去，将腊梅从尕桂的怀里拉开。

“尕桂，你放心地走吧，”四眼子婆娘说，“我会把腊梅当成我自己生养的孩子。”

腊梅在频频的回望中，与尕桂渐渐远离。这是个悲伤的下午。难以自抑的悲伤倾注在腊梅诀别的歌声里——

西湖山水还依旧，
憔悴难对满眼秋，
不堪回首忆旧游。
想当初，
在峨嵋，
一经孤守，
伴青灯叩鼓磬千年苦修……

对于扮演腊梅的演员刘佳弟而言，这是一场即兴的表演，也是我临时补加的情景，因为有了雪。这是我在故乡遇见的第一场雪。雪花如同杏花的花瓣，轻柔地飘落，很快就覆盖了荒凉冬天的村庄那恒久的脏乱。中国的村镇很难像欧洲的村镇那样，具有建筑学的美感和宗教性的清洁。个人主义的自私导致了建筑的凌乱和公共卫生状况的恶劣。幸好，大自然是公正的。一场雪，以其朦胧之美掩盖了村庄里随处抛弃的垃圾和那些丑陋的水泥房屋。而演员刘佳弟竟然触景生情，唱出了无比伤感的诗句。她分明是从秦腔（被学校的制式教育戕残未尽的民间艺术）这一古老的戏曲中，学到了教科书永远不能给予的真诚和自由表达的激情。我们的学校教育变得越来越功利。越是受这种学校教育污染的人，越是难以葆有淳朴的内心。平心而论，在电影中，尕桂的扮演者高伟霞作为一名大学生，就不如哑巴猎人、刘佳弟和那些当了多年农民的皮影艺人自然和自信。当然，我也曾在某次电影节上目睹了几个受过高等教育的职业演员如同墓碑一般僵硬的举手投足。虚荣使他们的人性发生了变异。

XXXII

四眼子婆娘重又回到柳树下，开始她那无休无止的独白：

“昨天，我去了一户人家，是他们叫我去给他们看看的。那家人太可怜了。我看见很多死去的人就在他们家里。我对他们说你们必须得找个巫师。出了他们家，到了门口，一只很大的白狗。我赶快喊他们来把狗拴住，他们却说，门口并没有狗，我这才明白过来，原来那是一只在好几年前死去的狗……”

腊梅从远处走来。她的脚步凝重，仿佛难以承受心意沉沉。

四眼子婆娘向着腊梅走来。两人迎面相对。

“你见过热卡亚吗？”腊梅突然如此问道。

“热卡亚？”

四眼子婆娘惊讶的表情给了一个否定的回答。腊梅怅然若失。她转过身去，向着来时的方向走去。她在寻找热卡亚。或者，她在寻找热卡亚的灵魂。但是，四眼子婆娘不知道，热卡亚并不是一个人，而是一头骆驼。

四眼子婆娘重又开始她那洪亮的独白：

“我又到了一户人家。那家人确实可怜，门口有个窖，窖里面有两只死去的兔子……”

四眼子婆娘的声音变得越来越微弱，仿佛她整个人变得越来越飘渺。腊梅不禁回过头去。三四半白半黑的布幔在风中招展。刚才还在喋喋不休的四眼子婆娘却在风中缓缓消失。柳树伫立。空旷的四野消失了人声。沉重的云层石头般挤满了阴暗的天空。一个雪天行将来临。

风仍然随着意思在吹。

附录

电影剧本·《我故乡的四种死亡方式》

备注：

本片的镜头语言要显得宁静、悠长；要加入一些关于风吹树林、云在天空舒卷、牛羊静静咀嚼、晨鸡啼鸣、乌鸦飞渡、千山万壑、村民劳作等画面。凡是在这个乡村让我们感到惊奇的东西，都应该拍摄下来。

电影资料

中文标题：我故乡的四种死亡方式

英文标题：Four Ways to Die About My Hometown

片长 (Length)：90 分钟

完成年份 (Year)：2012 年 4 月

影片类型（Type）：剧情 Story

编剧 (Screenplay)：柴春芽 Chai Chunya

导演 (Director)：柴春芽 Chai Chunya

制片人 (Producer)：黄静薇 Huang Jingwei

摄影 (Cinematography)：黄笑语 Huang Xiaoyu

录音 (Sound)：王韩杨 Wang Hanyang

音乐 (Music)：马木尔 · IZ 乐队 Mamer · IZ band

剪辑 (Editing)：张安娜 Zhang Anna

主演 (Cast)：高伟霞 史天生 杨贵清 龙芳河

拍摄格式（Shooting Format）：高清数码 HD

播出格式 (Screening Format)：16:9

对白 (Dialogue)：中国方言（甘肃陇西）

the Chinese provincial speech (GanSu Province)

字幕 (Subtitle)：中英文 Chinese & English

导演阐述

这是一部哀歌或者挽歌性质的作品。对我而言，最近十年来的城镇化运动几乎全部颠覆了中国乡村的家庭观念和伦理道德以及宗教信仰。当我有一天发现，自己在城市里其实是个异乡人的时候，我想返回故乡，结果却是，故乡已死。

但是，对于我这么一个信仰灵魂轮回和天堂地狱之说的人，当物理层面上能够安身立命的居所不复存在之后，我愿意去寻找一个超物理世界的栖息之地，恰好，脱胎于印度教有关宇宙始基的理论并且后来在佛教中延续下来的关于世界四大元素——地水火风——的哲学观，能够为我这种形而上的求索给出一个合乎逻辑的答案。于是，我就试着以地水火风这四大元素来结构这部电影，并以此为主题，探讨死亡的现象与本质。

从这个意义上讲，《我故乡的四种死亡方式》其实是一部哲学电影。另外，由于电影的叙事一直保持在一种意识流的层面上，现实与幻象频繁交叠，这就使得电影又像是一部诗电影。

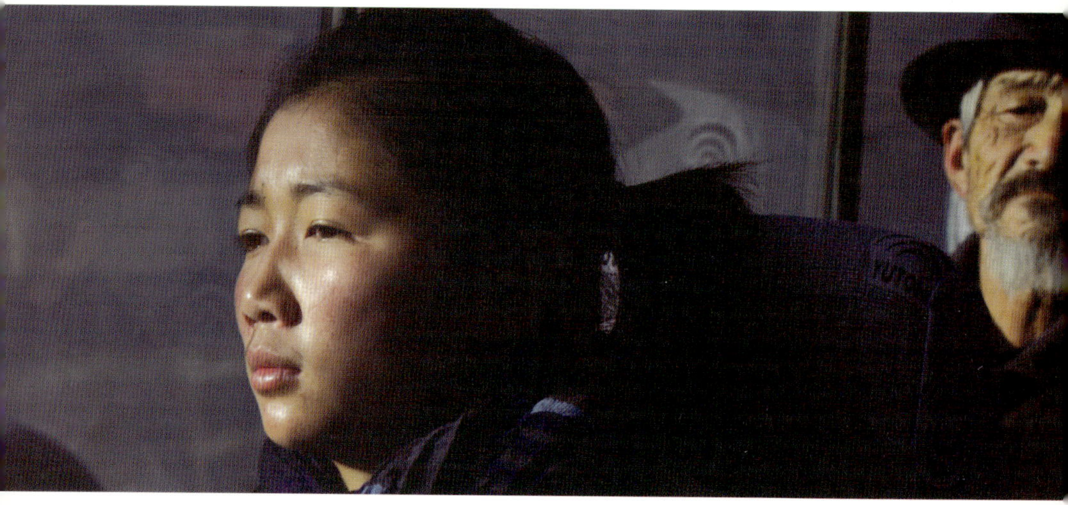

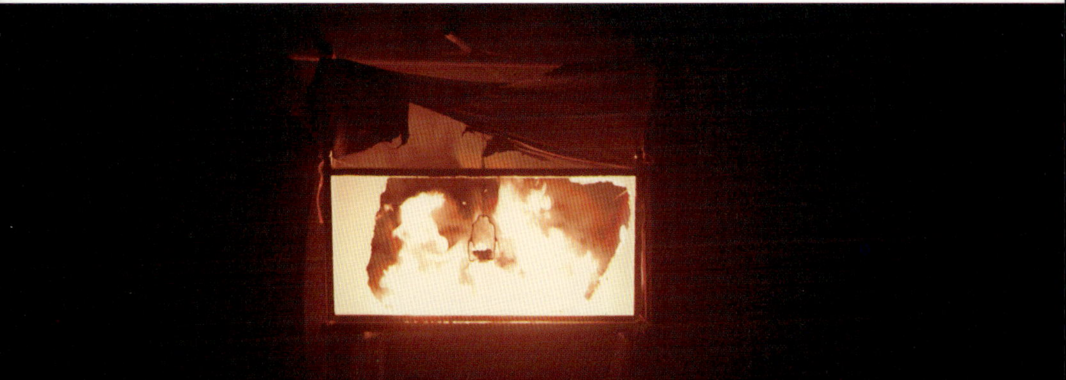

故事梗概

女大学生尕桂离开城市回到故乡的小山村。临近故乡的路上，她遇见家里那头患了梦游症的骆驼卧在公路上等她。经过妹妹腊梅的解释，尕桂才知道，骆驼之所以患有梦游症，是因为村庄里整天飘荡着一股死人的味道。尕桂预感到，由于不忍目睹人们的堕落而躲进棺材生活了七年的父亲快要死了。

在父亲死亡的前夜，一个被神灵附体的人从漫游经年的荒野来到尕桂家的院子，向尕桂的父亲请求一段启示。尕桂的父亲告诉那个被神灵附体的人："人代神言，黑夜里的百姓渴望着光，所以，你要给人光。"被神灵附体的人回到荒野，却看见自己被七面巨大的镜子围裹着，慢慢沉入大地。

腊梅不相信自己心爱的骆驼已经死了。在垂挂着三块大布的树下，她希望女巫能告诉她骆驼到底去了哪里。女巫什么也没说。腊梅想要再次追问，却发现女巫在风中消逝了。

三个皮影艺人决定在老之将死前，最后一次唱一场皮影戏，借以祭奠那个在棺材里生活了七年的朋友。他们搭起简陋的戏台，在一个月圆之夜，唱起了苍凉的皮影戏。一团火焰从戏台里冒起。三位皮影艺人消逝于火。

尕桂在故乡寻找一个传说中的湖。走了很久很久，在绝望的哭泣中，她的耳畔传来阵阵水涛声。她起身，看到一片蓝色的湖。她举步，走向那片蓝色的湖……

剧中主要人物

尕桂——一个因某种隐秘的原因离开大学返回故乡的女孩。

腊梅——尕桂的妹妹，一个仿佛陷入梦游症中的乡村女孩。

史天生——也就是我的四舅姥爷，一个通灵者。

杨家巴巴——皮影艺人。

段家巴巴——皮影艺人。

程家巴巴——皮影艺人。

哑巴——猎人，杨家巴巴的儿子。

四眼子婆娘——一个能看见神灵、鬼怪与死人世界的老女人。

巫师——四眼子婆娘的助手，一个鸡胸驼背的男人。

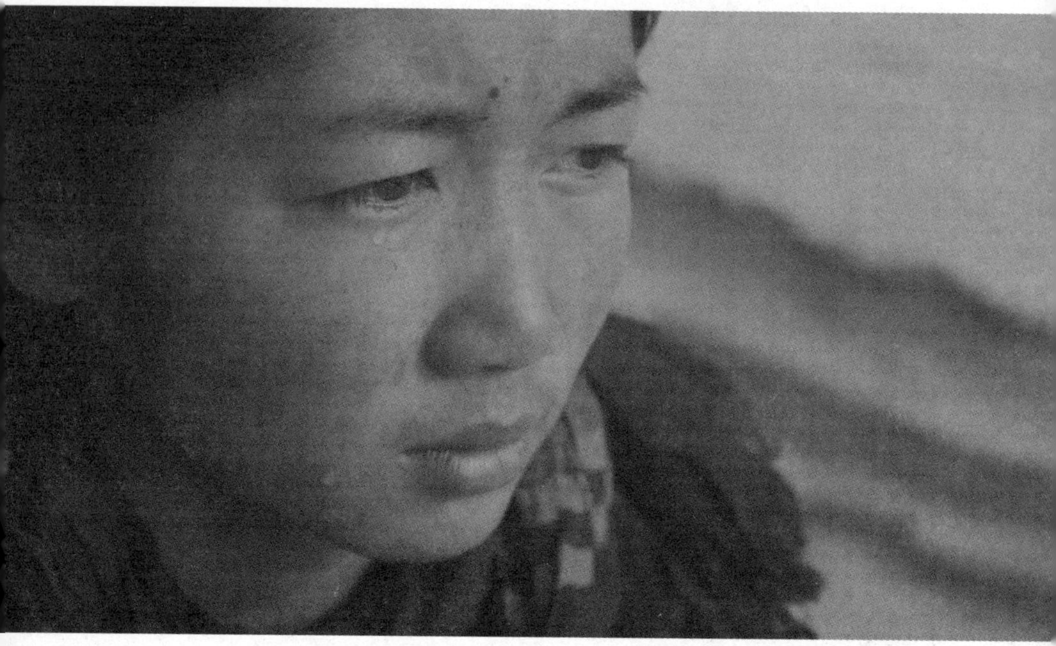

开幕

第一场　外景。下午。阴天。河边。

1. 大全景：一个乐队在调音，准备排练。排练开始。

歌曲：

早知道黄河的水呀干了，
修他妈的那个铁桥了是做啥呀哩，
早知道尕妹妹的人呀走了，
唱他妈的那个歌儿了是做啥呀哩；
早知道天上的水呀干了，
种他妈的那个庄稼了是做啥呀哩，
早知道知识早就没有用了，
上他妈的那个大学了是做啥呀哩；
早知道春天的水呀干了，
种他妈的那个花儿了是做啥呀哩，
早知道尕妹妹的人呀走了，
唱他妈的那个歌儿了是做啥呀哩……

2. 镜头向右移动，前景出现一根绳子。

镜头继续移动，一只倒吊的母鸡出现在画面中。

母鸡逐渐进入画面中间。

远处沿河岸走来女大学生尕桂。

她来到母鸡跟前，凝视母鸡。

她轻抚母鸡的翅膀。

她解下母鸡。

3. 俯拍：尕桂的双脚，脚边的母鸡在地上慢慢走开，走出画面。

4. 摄影机固定在尕桂右侧。

尕桂蹲着。

背景中是排练的乐队。

尕桂取下背包，掏出一本教科书。

她将一本接一本的教科书扔进河流。

接着，她将一封接一封的信撕碎，抛进河流。

5. 大全景：排练的乐队。

一首歌尚未演奏完毕。

乐手停止演奏，全都愕然地望向镜头。

6.（视点转移）尕桂走进河流。

河水漫过她的腰际，漫过她的脖颈，漫过她的头颅。

7. 特写（俯拍）：尕桂的脸在水波里一隐一现。她的眼睛是睁着的。

【配乐】口弦，忧伤的……

画面渐黑。出电影名及演职员名录……

第一幕 地

第一场　外景。清晨。大雾。

8. 从高处俯拍。一块燕麦地。

我的四舅姥爷史天生从画面左侧进入，走过燕麦地。

【配乐】呼麦，苍凉的……

9. 大全景。一头公羊的剪影，占据着左上侧画面的三分之一。

史天生的剪影从右下侧进入。

镜头移动，史天生走过公羊身旁，公羊跟随。

10. 跟拍。

史天生被神灵附体。

他以癫狂的姿势，援山而上。

（呼麦渐停。）

11. 镜头固定在高处。史天生从山路下面走上来，缓缓停下脚步，以怔忪的神情凝视镜头。

12. 视点转移。大全景：史天生坐在十面大立镜中间，开口讲述。

同期声：

那年，我梦见秦祈河泛滥，大水淹没了田野和村庄。

一个身穿青色长袍的古人，与我携手而行，走在水面上。

那一年，我十二岁，整天为遍布全身的皮肤癣痛苦不堪……

第二场　外景。傍晚。白杨林。

13. 镜头固定在古堡的墙上。大全景。
小女孩腊梅（十二岁左右）打着手电筒在找骆驼。
骆驼的名字叫“热卡亚”。
她走过白桦林，走过沙棘林。
她一遍遍地呼唤着：

热卡亚——热卡亚——

14. 跟拍：腊梅走过堡子的墙洞，站定。
前景是腊梅的背影。她的面前展现一片树林。
远处，腊梅对面的堡墙上，一个乡村诗人伸展双臂，模仿鸟的飞翔。
乡村诗人在独白（画外音）：

起初，大地上一团漆黑，
没有太阳，没有月亮，也没有星辰，
自身发光的人类在自由地飞翔，
他们张开双臂，像鸟的翅膀一样……

15. 大全景：腊梅走过树林。

16. 跟拍。腊梅爬上墙。
第一套拍摄方案：镜头前景是腊梅的带肩镜头，画面中露出乡村诗人的双腿。乡村诗人缓缓转身，走近镜头，蹲下。
第二套拍摄方案：一个腊梅的主观镜头。随着镜头的上升，乡村诗人渐次露出双脚，双腿，背影。他缓缓转身，走近镜头，蹲下，显出一张脸的特写。乡村诗人说：

你在找谁?

热卡亚。（腊梅不出现在镜头里。）

热卡亚?

是的，热卡亚。（腊梅不出现在镜头里。）

找不见了吧?

……

找不见了吧?

哈哈哈，找不见了，哈哈哈哈，找不见了……

乡村诗人由一种戏谑的神情突然转变为严肃的神情。

他取出自己的一个眼珠，然后说：

这个时代的人都瞎了，

他们看不见自身发光能像鸟一样飞翔的祖先。

他们什么都看不见，

你知道吗，你必须把我的眼睛交给人类，

你必须，因为黑暗中行走的百姓需要光明。

乡村诗人起身，转身，走向墙头。

他张开双臂，模仿鸟的飞翔，同时在朗诵：

起初，大地一团漆黑，

没有太阳，没有月亮，也没有星辰，

自身发光的人类在飞翔，

他们张开双臂，像鸟的翅膀一样……

接着，诗人的身体缓缓前倾，双脚离开墙头。

17.（视点转移）腊梅起身，向前。跟拍。镜头中是腊梅的背影。

镜头推移，逐渐越过腊梅的肩背。画面中展现一片苍茫的群山。
一群乌鸦呱呱叫着，在画面里盘旋。

18. 腊梅转身猛跑。

19. 大全景。镜头固定在堡子墙和墙洞之间偏远的地上。
腊梅跑下堡子墙，跑到洞前，与一只刚刚走上洞口的公羊遭遇。
公羊从腊梅面前小跑而过。

20. 跟拍。腊梅疾行的背影。到了一个洞口，遽然停下脚步。

21.（视点转移）我的四舅姥爷史天生在山洞中席地而眠。
一束手电光照在他酣睡的脸上。
公羊守候在他身旁。

22. 摄影机在洞内。画面中是腊梅的剪影。
她的手电光照在镜头上，形成一圈圈的光晕。

第三场　内景。傍晚。墙洞。

23. 内景：手电光照在史天生的脸上。他动了一下。

24.（视点转移）跟拍。腊梅转身，惊慌地奔跑。

25. 镜头架在墙洞上面。画面中呈现墙洞之内和墙洞之外的空白。

第六场　夜景。山坡。

35. 镜头固定，一个小的仰拍。

史天生从山路上跑下来。

他的身后，追随着一群手举火把的人。

画外音：

在梦里，一个神自称关爷，要我为他修庙。

梦醒之后，我发现自己睡在河滩上，周围没有一个人。

我的羊不知跑到了哪里。正午的阳光明晃晃地晒着。

回到家里，我就病了，在床上躺了一个礼拜。

我父亲请来了巫师。

他为我做了驱魔的法事，但我一直昏迷不醒，

而且还胡言乱语。

最后，巫师对我父亲说：

也许他会自己好起来，将来还要做一番大事业……

第七场　夜景。院子里。

36. 中景。尕桂和腊梅在院子里给骆驼梳毛。

画外音：

喝酒的，抽烟的，

昧了良心的，害过人的，

撒过谎骗过人的，放过火杀过人的，

吃喝嫖赌不敬神的，神不会饶恕的，

神就趴在房檐上看着哩。

你说：神在哪？神在哪？神就趴在屋檐上看着呢……

同时，屋子里传来“咚咚”的捶打木板的声音。

一个人在屋内喊叫着：

水……水……水……

尕桂和腊梅以惊愕的表情抬头望着镜头。

37. 镜头固定在院门的墙头。大全景。

先是史天生冲进院子，继而，一群人手持火把跟随。

史天生以疯狂的样子，开始神灵附体的萨满舞。

院子里站满了手持火把的人。

第八场　外景。清晨。雾。

38. 两套拍摄方案。

第一套方案：通过夜景中史天生的萨满舞，叠切出日景中他在寺庙里做的萨满舞。

第二套方案：做完萨满舞，史天生环视四周。

39. 镜头固定在房顶。大全景。

史天生从人群里冲出去。一群人紧随其后。

40. 远景。人们逶迤上山。

【配乐】呼麦，苍凉的……

第九场　外景。

41. 降神萨满舞。（这一场采用纪录片方式拍摄，摄影师需要肩扛摄影机来拍摄。）

第十场　外景。荒凉山头。太阳的余晖。

42. 特写。十面大立镜中间，史天生闭上眼睛。

43. 大全景。许多人在史天生周围，跪着。史天生缓缓沉入土地。

腊梅悄声问：

　　他去了哪里？

尕桂悄声回答：

　　回到了土地。

腊梅：

　　为什么？

尕桂：

　　因为在很早很早以前，大地上没有一个人，
　　没有男人，也没有女人，
　　神就用泥土造了人，
　　尘归尘，土归土，
　　人死以后就要回到土地。

44. 镜头摇动，画面中出现尕桂、腊梅和骆驼。

突然一声脆响，只见玻璃碎裂。

45. 远景。一头公羊走上山冈，站在破碎的十面大立镜中间。

大立镜里，十个太阳在发光。

【配乐】呼麦，悲凉的，深沉的……

画面渐黑。

第一场　外景。河。

【配乐】口弦，沉郁的，忧伤的……

46. 中景：尕桂的背影（尕桂梳着两根辫子）。
尕桂身穿蓝色长裙，上身套一件毛衣。
她伫立在故乡的河流边。对面是赭红色的山坡。
尕桂举起一个鱼缸。鱼缸里有一只沉睡的鸟。鱼缸齐眉。

47. 特写。
透过鱼缸，是尕桂的一张脸。
透过鱼缸，尕桂凝视镜头。

48. 俯拍。尕桂闭眼躺在河面上。
河面上飘着十几个鱼缸，每个鱼缸里躺着一只沉睡的鸟。
尕桂睁开眼睛。
画外音：

我奶奶临死前对我说，我能够透过故乡的河流，看到自己的一生。

49. 特写。尕桂猛然将头伸出水面，剧烈地喘息。

第二场　外景。后面是高楼大厦。

50. 中景。乐队成员从惊愕中回过神来，重新唱歌。

他们的身后是高楼大厦，显示出一个城市的轮廓。
背景音是城市低沉的噪音。
歌曲：

> 早知道黄河的水呀干了，
> 修他妈的那个铁桥了是做啥呀哩，
> 早知道尕妹妹的人呀走了，
> 唱他妈的那个歌儿了是做啥呀哩；
> 早知道天上的水呀干了，
> 种他妈的那个庄稼了是做啥呀哩，
> 早知道知识早就没有用了，
> 上他妈的那个大学了是做啥呀哩；
> 早知道春天的水呀干了，
> 种他妈的那个花儿了是做啥呀哩，
> 早知道尕妹妹的人呀走了，
> 唱他妈的那个歌儿了是做啥呀哩……

51. 摄影师在河岸边肩扛摄影机。大全景。
尕桂从水中出来。她爬上河岸，沿河岸行走。
忧伤的样子，远景是正在排练的乐队。
摄影师在尕桂前面跟拍。
尕桂的身体激烈晃动，走得很快。

第三场　外景。公路上。

52. 尕桂乘坐火车回家。

【配乐】口弦。

53. 大全景。摄影师在堡子上拍摄。
尕桂乘坐的巴士在山路上行驶。

【配乐】口弦。

54. 摄影师在副驾座上拍摄。
远处，一头骆驼挡在路中。
巴士靠近骆驼。停车。
司机下车，想要赶走骆驼。
骆驼纹丝不动。

55. 以骆驼的头为前景。
从骆驼脖子下面的画面空白处，看到尕桂下车，走近骆驼。
她把脸贴在骆驼的脸上，悄声说话。

56. 从副驾座上拍摄。骆驼跪下。
尕桂骑上骆驼。
巴士开动，驶过骆驼。

【配乐】口弦。

第四场　外景。黄昏，或者傍晚。家门口。

57. 中景。腊梅提着一桶水刚要进门，不远处传来了驼铃声。
腊梅放下水桶，转过身。

58. 特写：骆驼的脸（占据画面中央）。

腊梅的脸从画面右侧进入，贴上骆驼的脸。

尕桂的脸从画面左侧进入，贴着骆驼的另一面脸。

尕桂：

你怎么弄丢了热卡亚？

腊梅：

不是，是它自己要离开村庄。

它老是闻到一股尸体的味道。

尕桂：

你咋知道的？

腊梅：

热卡亚整夜整夜地睡不着。

它跟我一样，一闻到尸体的味道，

就整夜整夜地睡不着。

第五场　外景。院子里。阴霾。

59. 特写：门，门上贴着两个门神。

尕桂手扶墙壁，从画面左边出现。

腊梅同样手扶墙壁，从画面右面出现。

屋子里传来一个人愠怒的独白：

喝酒的，抽烟的，

昧了良心的，害过人的，

撒过谎骗过人的，放过火杀过人的，

吃喝嫖赌不敬神的，神不会饶恕的，

神就趴在房檐上看着哩。

你说：神在哪？神在哪？

神就趴在屋檐上看着呢……

然后是一阵剧烈的咳嗽声。

尕桂悄声说：

阿爸疯了。

腊梅：

阿爸没疯。

尕桂推开门，门缓缓打开。

60. 从室内拍摄。

黑暗的屋子里，随着门的洞开，光线涌入，洒满地上的一口棺材。

一个人在棺材里咳嗽，说话：

水……水……水……

第六场　外景。太阳刚刚落山。旷野。

61. 大全景。旷野中燃着一堆篝火。

一群少年围着篝火跳秧歌。

一群人举着火把看着。

腊梅是众少年中的一个。

62. 摄影师在篝火旁跟拍。秧歌的舞蹈渐入高潮。

一个尖利的叫声划过夜空。舞蹈的少年们戛然而止。（画外音）

63. 大全景。前景是尕桂的背影。

尕桂前面是静止的舞蹈场面。

尕桂嘶喊：

腊梅——

64. 腊梅从人群中走出。

尕桂冲上去，拉起腊梅的手，从画面右侧出画。

镜头焦点回到舞蹈场面。

秧歌的舞蹈重又开始。

第七场　外景。夜。院子里。

65. 镜头固定在院门上面的墙上。

大全景：尕桂和腊梅站着，忧伤的样子。

骆驼在院子里垂死。

痛苦的，缓慢的，垂死过程。

尕桂和腊梅一直静静地观望着。

66. 特写：终于，骆驼垂下头颅，闭上它暗淡的眼睛。

腊梅的半个身子出现在画面里。

她跪下，俯身，趴在骆驼身上。

尕桂的半个身子走过去，出现在画面里。

她跪下，俯身，趴在骆驼身上。

第八场　外景。朝阳。

67. 特写：尕桂和腊梅俯身在骆驼身上。
骆驼动了一下，显然是拽动的。
尕桂和腊梅惊醒，抬头望向画外。

68. 她俩起身，画面中只剩下两个孩子的脚和骆驼的半个身子。
骆驼被缓缓拖出画面。
镜头缓缓抬起，画面中依次出现孩子的腿和上半身。
孩子凝视着镜头。有人从画面左侧进入，轻轻推开孩子。
孩子顺势向两边挪开一步。
另外几个人分别从画面左侧和右侧进入，从两个孩子中间走过，走到房门前，几个人从门外走进来。
他们推开房门。
尕桂和腊梅转头，望着这群人。
很快，他们从屋里出来，抬着一口棺材。

69. 仰拍：一左一右站着尕桂和腊梅，棺材从镜头上方经过。

70. 镜头固定在院门的墙上。大全景。院子里只剩下尕桂和腊梅。

【配乐】口弦，苍凉的……

71. 仰拍：前景是尕桂和腊梅的背影，太阳光从两个孩子的肩头射入镜头。腊梅抬头望望太阳，然后悄声问道：

有一天，我也会死吗？

尕桂：

每个人都会死。

腊梅：

太阳也会死吗？

尕桂：

会的。太阳和人一样，只是太阳的寿命比人要长。

腊梅：

长多少？

尕桂：

跟地球上所有人的寿命加起来一样长。

腊梅：

你是说活人的寿命吗？

尕桂：

不止，还有死人的和没出生的。

第九场　外景。清晨。

72. 镜头固定在车窗玻璃前面。

尕桂坐在副驾座上，眼望前方。

司机在驾驶座上抽烟。

透过两人中间的空白处望过去，村民正在上车。

司机扭头问：

尕桂，你这是要去哪里？

73. 尕桂扭头面对司机说：

你能开到哪里，我就到哪里。

74. 司机若有所思地点点头。

他回头张望了一下车厢，然后发动引擎。

75. 摄影师坐在三轮车上，镜头对准乡村小街。

乡村小街在逐渐远去。

【配乐】口弦，苍凉的，忧伤的……

第十场　外景。大全景。车厢内。

76. 摄影机固定在堡子上。大全景。

巴士在山路上出现，经过一片小树林，在山路上消逝。

77. 车厢内。摄影机固定在司机座位和副驾驶座位中间。

画面中不断出现雾中小路，小路两侧隐约的树木，骑摩托车赶路的人。

一群宗教游行的队伍在雾中迎面出现，稍微挡住巴士。

继而，人们让开一条通道，让巴士通过。

接着，一对抱着婴儿的夫妇出现。

接着，一个婚礼的场面出现。

再接着，一个送葬的队列出现。

车厢内响起一阵三弦琴，皮影艺人段家巴巴唱着歌（画外音）——

你们的手里头都黑下了，

把我的姑娘做着病下了；

你们的心里头都黑下了，

把我的姑娘做着病下了……

78. 摄影机向右移动，画面中出现尕桂。

尕桂回头。镜头随着尕桂的回头摇移。

依次出现牵着山羊的老人，抱着公鸡的孩子，提着鸽笼的男人，弹三弦琴的段家巴巴……

79. 镜头对准段家巴巴。段家巴巴继续唱。

车子剧烈地晃动了一下，随即嘎然刹车。

一群鸽子在车厢里飞。

鸽子飞到尕桂身边。

80. 摄影机架在窗外。

晨阳透过玻璃，照在尕桂的脸上，窗玻璃映出蓝天白云。

尕桂打开身边的窗子。

鸽子从窗户那儿一只只飞出。

窗玻璃上，映出飞翔的鸽子。

尕桂在玻璃后面望着。

【配乐】冬不拉，浪漫的，柔情的……

第十一场　外景。黄昏。

81. 大全景。汽车停在一个小镇。人们陆续下车。

【配乐】冬不拉，浪漫的……

第十二场　外景。远处是马牙雪山。

82. 车停。三弦琴艺人段家巴巴下车。
他向司机和尕桂挥手告别。
汽车开动，开出画面。
画面中只剩下段家巴巴的身影。
他向右转头，望着巴士离去。
然后，他向左走出画面。
画面中是马牙雪山。

第十三场　外景。远处是马牙雪山。

83. 镜头固定在车头（车窗玻璃前）。
尕桂问：

　　你要开到哪里去？

司机扭头说：

　　你想到哪里，我就开到哪里。

说着，司机猛踩油门。

84. 大全景。巴士在公路上行驶。镜头随车移动。

【配乐】冬不拉，欢快的，浪漫的……

第十四场　外景。路边。黄昏。

85. 摄影机在车内，透过车窗玻璃，镜头对准远方的地平线。

86.（视点转移）尕桂在车顶，极力地喊叫。

87.（视点转移）面对车窗的司机默默地抽烟，望着镜头。

88.（视点转移）特写：尕桂的脸，夕阳笼罩着她的脸。
她冲着远方喊叫着，突然压抑地痛哭，
仿佛平生所有的委屈、怨恨、悲怆，
随着一声声压抑如野兽咆哮般的哭喊，
全都从内心深处倾泻而出。
随着压抑的哭喊，尕桂不停地呢喃：

世界到底有多大啊……

89.（视点转移）中景。司机抽烟，仿佛自言自语：

世界到底有多大啊……

第十五场　外景。太阳西沉。

90. 摄影机固定在驾驶座和副驾驶座中间。
画面中是司机一边开车一边说话：

你知道吗，沿着这条公路再走半天，
就会到达阿克塞，一个哈萨克人的自治县。
在阿克塞，有个湖，叫苏干尔湖。
每过十年，就会有几个哈萨克少女穿着最漂亮的衣裳，
手拉手走进苏干尔湖……

尕桂：

我也想和她们一样……被一个美丽的湖埋葬。

司机瞟了一眼镜头，接着扭头望着车的前方。

91. 镜头摇移，对着车窗玻璃前面的荒原和那条通向荒原尽头的路。

92.（视点转移）大全景。

巴士漫不经心地，歪歪扭扭地向着太阳正在沉没的地平线驶去。

巴士慢慢翻过地平线，消逝。

滚圆的太阳悬挂在地平线。

【配乐】呼麦，悲凉的……

第十六场　外景。远方的湖。

93. 大全景：摄影师肩扛摄影机，爬上一面小山坡。

面前呈现一片湖，宁静的湖。

（悲凉的呼麦在继续。）

94. 俯拍：地上显出车辙印。

循着辙印前行。

在辙印消失的地方，出现水。

镜头缓缓抬升。一片浩渺的湖出现。

第十七场　外景。故乡的河流。

95.（视点转移）跟拍：尕桂走向故乡的河流。

在岸边，她站定。

96. 俯拍：在故乡的河流上，尕桂赤身裸体地躺着，像死去。

十几只鱼缸漂在她周围。

鱼缸里沉睡的鸟慢慢醒来。

它们扑腾着，从鱼缸里飞出。

【配乐】呼麦，哀婉的……

画面渐黑。

第三幕 火

第一场　外景。夕阳。荒凉山冈上。

97. 跟拍。持枪的杨家巴巴穿行在高粱地。
镜头从杨家巴巴急速迈动的双腿逐渐上移。
画面中出现他的肩背和肩背上扛着的猎枪。

98. 在高粱地的前面，镜头固定。
杨家巴巴持枪从高粱地里钻出来。
走在摄影机前，站定，凝视镜头。
然后缓缓举枪，枪口对着摄影机。

99. 特写。
摄影机紧靠杨家巴巴的身体，画面中出现杨家巴巴的手臂和猎枪。
猎枪前方的山冈上，有一棵孤零零的树，树枝上挂着风吹便动的皮影。
杨家巴巴和另外三个皮影艺人坐在树下。

100. 中景。杨家巴巴坐在树下，一边抽着水烟，一边讲述——

我第一次演皮影是在 1960 年，
那一年，村子里刚刚饿死过一茬人……

101. 中景：段家巴巴坐在杨家巴巴身旁。
段家巴巴抽着旱烟，开始讲述——

我们饿得实在不行，眼看着再等下去要死人，
我就决定到别的地方去唱戏……

102. 中景。程家巴巴讲述——

1958 年风调雨顺，本来是个好收成，
但我们必须去大炼钢铁，不能去收庄稼，
结果，到了秋天，庄稼全都烂在地里。
第二年，也就是 1959 年，也是风调雨顺，
我们都去合作社吃大锅饭，没人收庄稼，
到了第三年，1960 年，村里开始死人，
没吃的，一个一个地死，一家一户地死……

103. 摄影机环绕。杨家巴巴接着讲述——

饥荒蔓延，我家里不断有人饿死。
我父亲临死前，把我叫到跟前，
对我说："娃，你得去要饭，不然的话，你也得饿死。"
于是，我就空着手离开了家……

104. 从杨家巴巴侧面，拍摄他开枪的情景。

105. 摄影机紧贴杨家巴巴。
画面中只有一只胳膊和一个枪筒。
"砰！" 枪响了。

第二场　外景。田野里。

106. 特写。一只野兔受伤，在地上挣扎，死亡。

镜头抬升，露出哑巴的双脚和低垂的枪管，
继而，是哑巴的全身。
哑巴向镜头走来，走近兔子。他蹲下，捡起兔子。
响起一阵摩托车的引擎声。

107. 特写。哑巴抬头张望。

108. 大全景。哑巴的身影占据画面右侧三分之二，在画面左侧三分之一，看到羊贩子马娄娄在路边停下摩托车（车后拴着一只山羊），向着哑巴走来。他走到哑巴面前，用手比划，意思是哑巴的父亲保留着祖上传下的皮影，可以卖钱。哑巴也开始比划。最后，两人达成一项协议。

109. 大全景。马娄娄用摩托车捎带着哑巴向村里驶去。

110. 摄影师坐在马娄娄身后，镜头焦点在摩托车后视镜上。
镜子里是马娄娄的脸。
村庄在背景中出现。摩托车停下。
马娄娄和哑巴来到了杨家巴巴的门前。

第三场　外景。正午。阳光下。

111. 大全景。摄影机固定在高处，俯拍满地铺着的玉米。
杨家巴巴抱着一棵枯树坐在玉米中间，在睡觉。
枯树的树枝上挂着风吹便动的皮影。
一只山羊戴着笼嘴，拴在树上。

哑巴蹑手蹑脚地从画面右侧进入，将山羊解下，
再将杨家巴巴怀里挂满皮影的树取下，
然后把自己的枪塞进杨家巴巴的怀里。

112. 跟拍：哑巴抱着树走出院子。
屋子里的 CCTV 正在播报午间新闻。

113. 将固定在高处的摄影机随着哑巴的身影缓缓移动，俯拍：
哑巴出了院门，将挂满皮影的树放在摩托车上。
马娄娄仔细地看。两人用哑语激烈地讨价还价。
最后，马娄娄给了哑巴一千元。
哑巴数钱，数完，高兴地翘起大拇指。
马娄娄骑着摩托离去，驶出画面。

114. 摄影师坐在三轮车上，从马娄娄的侧面追随拍摄。
一个村民叫住马娄娄。
马娄娄停下摩托。
村民：

　　这是哪儿来的？

马娄娄：

　　从哑巴手里买的。

村民：

　　你啥时候开始倒古董了？

马娄娄：

　　顺手弄一弄，我也不懂这是不是古董。

另外几个村民围过来看皮影。
马娄娄打声招呼，开动摩托，驶出画面。

115. 特写。画面中剩下几个张望的村民。

第四场　内景。室内炕上。

116. 镜头固定在室内炕前的地上。大全景。一束阳光从窗外射入。
哑巴和村里的几个青年在炕上赌博。
哑巴的钱全输了。

第五场　外景。黄昏。

117. 镜头固定在院门内侧。
透过两扇半敞的门，哑巴拎着一瓶酒，醉醺醺地向家里走来。
他的一只脚刚刚迈过门槛，一杆枪就顶在了脑门上。

118.（视点转移）特写。杨家巴巴喊叫一声：

　　　　　　我的皮影呢？

119.（视点转移）特写。哑巴转身就跑。

120.（视点转移）特写。杨家巴巴举起枪瞄准哑巴的背影。
“砰——”枪响了。

第六场　外景。黄昏。

121. 大全景。仰拍。
哑巴拎着酒瓶，慌慌张张地从小街的另一端向着镜头跑来，
在镜头前不停，直接从镜头上方跳过去。
其后，杨家巴巴拿着枪，追到镜头前，停住。

【配乐】冬不拉，诙谐的……

122. 大全景。远处，哑巴从画面左侧进入，从右侧跑出画面；
杨家巴巴接着从左侧跑入画面，从右侧跑出。

【配乐】冬不拉，诙谐的……

123. 大全景。画面中是一片高粱。
哑巴跑进高粱地，接着杨家巴巴跑进高粱地。
镜头移动，高粱地的另一头出现在画面右侧的时候，镜头停住。
杨家巴巴用腰带捆着哑巴，押出了高粱地。

第七场　外景。院子里。

124. 大全景。俯拍：马娄娄杀羊的全过程。呈现一头羊的死亡。
清真寺传来一声声优美的呼拜。

125. 特写。马娄娄检查刚刚剥离羊体的羊皮。
太阳光照在羊皮上，能看出羊皮后面马娄娄的剪影。
马娄娄慢慢放低羊皮，露出他的脸。

他诧异地凝视着镜头。

126. 大全景。从大门那儿走过来杨家巴巴和被押着的哑巴。
他们来到马娄娄跟前。哑巴打手势，向马娄娄解释。
马娄娄用手势告诉哑巴，还了那一千块钱，他才能交还皮影。

127.（视点转移）特写。杨家巴巴摆摆脑袋，接着说：

你带上皮影，到我家牵羊去。

第八场　外景。乡村公路上。院内。

128. 跟拍。摄影师在三轮车上，与摩托车并驶，拍摄马娄娄骑摩托车带着杨家巴巴和哑巴行驶在乡村公路上。
远处的山向后掠去。挂着皮影的树在摩托车上晃动。

129. 大全景。镜头固定在院门墙上。
画面左侧，摩托车缓缓驶入，停下。
杨家巴巴下车，进了院子，将院里的山羊牵出院门。
他帮马娄娄将山羊拴在摩托车车座上。
马娄楼把挂着皮影的树交给杨家巴巴。
哑巴在一旁默默地看着。
马娄娄骑上摩托车离去。
杨家巴巴转身到院子里，抱了一只公鸡，拴在挂满皮影的树上。

第九场　内景。晚上。

130. 大全景。摄影机固定在屋内的地上。
段家巴巴正躺在炕上打吊针。昏暗的灯光打在他脸上。
电视机正在播报 CCTV 的新闻联播。

131. 杨家巴巴抱着公鸡走进房门，然后坐在炕沿上。
他掏出水烟，递给段家巴巴。
杨家巴巴：

咱们好多年没唱戏了。

段家巴巴：

是啊，老了，唱不动了。

杨家巴巴：

我想把大家凑在一起，再唱一场，这辈子最后一场。

第十场　外景。山坡上。

132. 大全景。
程家巴巴在山坡上干活，杨家巴巴抱着公鸡从远处出现。
他爬上山坡，来到程家巴巴跟前。两人在地上坐下。
程家巴巴卷了旱烟，递给杨家巴巴一支，自己再卷一支。
两人在地头抽旱烟。

133. 杨家巴巴劝说程家巴巴去演皮影戏。

134. 最后，程家巴巴答应了。

第十一场　外景。太阳落山之前。

135. 跟拍。几个人在旷野里搭戏台。
戏台搭好了，准备唱戏。

136. 杨家巴巴将公鸡拴在身旁的凳子上。

137. 大全景。四眼子婆娘骑着骆驼走过来。牵骆驼的是尕桂。
四眼子婆娘扯着嗓子喊话：

你们别唱了！

杨家巴巴：

为啥?

四眼子婆娘：

昨晚上我梦见戏台起火了，大火烧红了半个天。

杨家巴巴：

我上个月还梦见屙金子哩。

四眼子婆娘不再说话。

138. 尕桂牵着骆驼走远。

139. 特写。段家巴巴：

这是咱们这辈子的最后一场戏。

140. 特写。程家巴巴说：

人老了，唱不动了。

141. 特写。杨家巴巴：

一想起第一次唱戏，就跟昨天才唱过一样。

哎呀，人这一辈子，活了个啥。

142. 特写。程家巴巴说：

说是快得很，可又难活得很。

唉，人就活了个一场空。

第十二场　外景。太阳刚刚落山。

143. 大全景。皮影戏正式开演。旷野中没有人。先拍皮影表演。再拍表演皮影的艺人。再拍皮影布幕。

五分钟后，一星火苗在布幕上燃起。

火越燃越大。皮影艺人的歌声渐渐消逝。

大火烧红了天空。一只公鸡从大火中飞出。

【配乐】冬不拉，激烈的……

第四幕　风

第一场　外景。黄昏。荒凉山冈。

144. 大全景。腊梅在上山。
镜头移动，画面中逐渐出现骆驼。
腊梅走近骆驼，抱住骆驼的脖子，把脸贴在骆驼脸上。

【配乐】口弦，苍凉的……

145. 中景：画面右面三分之二是腊梅和骆驼，画面左面三分一，出现四眼子婆娘。
腊梅侧头望着，望见四眼子婆娘。
在她身周，几根柱子上悬挂着黑白两色的布幔。
布幔在随风飘动。四眼子婆娘坐在柱子中间开始讲述——

那年我二十岁，刚结婚。
有一天我去割草，突然一阵狂风，把我刮到悬崖下面。
我昏死过去。醒来的时候，眼睛里在流血。
家里人把我送到定西医院。
住院一周，医生对我说：你可以出院了。
我说：我的眼睛还没有治好呢。
医生说：治好了呀。
我说：没有，一到晚上，我就看到楼道里站着几个血流满面的人。第二天再去看，却啥也看不着。
医生没说什么。
当天下午，我就出院了。
出院回到家里，天刚黑，就看见我家院子东北角上站着个老人，穿着清朝人的衣服。

我就跟我婆婆说，你看，墙角那儿有个老人。

我婆婆就骂我。

我只好到兰州的大医院去治疗。

医生检查完了说：你眼睛没问题。

我说：有问题，一到晚上就看到特别可怕的东西。

住院观察了几天。

医生说：从医学上讲，你这眼睛真的没有问题。这样，你也不要跟人讲你眼睛的事情，也不要跟人讲你看见的东西，再过几年，弄不好你还能靠这双眼睛混口饭吃哩……

146. 全景。腊梅离开骆驼，走到四眼子婆娘面前。
她的背影堵住了四眼子婆娘。

腊梅：

我家有个病人……

四眼子婆娘：

我知道。

147. 特写：腊梅从兜兜里掏出一颗鸡蛋。
在背后，她用双手摩挲着鸡蛋，然后递给四眼子婆娘。

148. 特写：俯拍。四眼子婆娘合着的手，缓缓摊开。
手中一颗鸡蛋，随着手的摊开。
鸡蛋也在裂口，蛋白和蛋黄逐渐流出。

第二场　外景。山梁上。正午。

149. 大全景。腊梅牵骆驼，四眼子婆娘骑在骆驼上。

150. 摄影师肩扛摄影机骑在骆驼上。
画面中是牵着骆驼走动的腊梅，
腊梅前面是莽莽群山中渐渐露出的山村。
四眼子婆娘唱着野花儿。

151. 大全景。在一户人门前，四眼子婆娘下了骆驼。
然后一瘸一拐地走向门口，喊叫着一个人的名字。

152. 跟拍。一个鸡胸驼背的男人在院子里。
用镜头展现这个男人的生活现状。
电视机播报 CCTV 的午间世界新闻。

153. 鸡胸驼背的男人听到叫声，从院子里向门外走去。
男人：

你找谁？

四眼子婆娘：

找你。

男人：

找我做啥？

四眼子婆娘：

找你去抓鬼。

第三场　外景。太阳刚落山。

154. 中景：尕桂和腊梅怔怔地伫立。

155. 跟拍，用纪实手法。拍摄四眼子婆娘和巫师做法全过程。

第四场　外景。清晨。

156. 中景。大门口。腊梅和尕桂拥抱。
四眼子婆娘从左侧入画，牵起腊梅的手，将其拉出左画面。
尕桂低头，看自己的脚。
腊梅从左画面扑入，扑进尕桂怀里。
四眼子婆娘从左侧入画，牵着腊梅的手，从左侧离去。
尕桂低头。
画外音：

放心吧尕桂，我会把腊梅当成自己的亲闺女。

157. 大全景。腊梅、四眼子婆娘和巫师的背影在逐渐远去。
腊梅不时地回头张望。

第五场　外景。黄昏。荒凉山头。

158. 大全景。山头上，几根柱子上悬挂着黑白两色的布幔。
布幔在随风飘动。四眼子婆娘坐在柱子中间。

腊梅入画。她站在四眼子婆娘前面，堵住她。

画面中只见腊梅的背影。

腊梅：

你见过热卡亚吗？

四眼子婆娘：

热卡亚？

腊梅：

是的，热卡亚。

沉默。

159. 腊梅调转头，走出画面。

160. 突然一阵大风，布幔招展，覆盖了四眼子婆娘。

161. 特写：腊梅展开手心。手心中是一颗眼珠。

162. 特写：她将眼珠贴在额头，显出第三只眼睛的样子。
她慢慢回头，用三只眼睛张望。

163. 大全景。荒凉山头，只有布幔在招展。

【配乐】口弦，忧伤的……

画面渐黑。

演职员表（出字幕）。

访谈

我是一个悲观的行动主义者

孙一圣

小说家，1986年生于山东曹县；毕业于某师范学院化学系；做过酒店服务员、水泥厂保安、化工厂操作工和农药厂实验员。

孙一圣：你是从什么时候开始写作？又是什么促使了你进行创作？

柴春芽：我的写作可以追溯到少年时代。高一的时候，我第一次发表作品，是在《语文报》上。那是一篇名为《美是一种负担》的散文诗。其后，我又在《语文报》上发表过诗歌《拼贴七月》和小说《马连手》。我上初中时就已经不写老师的命题作文了。

孙一圣：那时候有没有你印象比较深刻的诗人？

柴春芽：1980 年代，大量现代的西方思想和文学作品被移译，中国进入了一个自五四新文化运动以来又一轮的文学复兴和思想解放的时代。我们这一代生于 1970 年代的人因此就能读到大量的西方现代主义的著作和各种前卫的文学杂志，比如《美国现代诗选》、《星星诗刊》、《诗歌报月刊》和《诗神》等。那时候我记得有几个少年天才型的诗人，可是后来，这些人大都消失了。反而是那些长我们一辈或两辈的诗人一直在坚持写作，比如西川、于坚、多多、昌耀……

我就读的西北师范大学被誉为“甘肃诗人的摇篮”，有一个历史悠久的诗歌学会，并且间歇性地自印民间刊物《我们》。但是，有一种前工业时代的、伪浪漫主义的诗歌风气在甘肃诗歌界蔓延。我的学长颜峻是少数几位摆脱了这种风气的诗人之一，这可能跟他很早就开始研究摇滚乐有关。很多年来，我被一种陈旧的诗歌理念给蒙蔽了。直到 2004 年我在拉萨认识了复旦大学毕业的诗人高晓涛并且阅读了他的自印诗集《聋子的耳朵》，我才意识到这个问题的严重。看完这本诗集以后，我再也不写诗了。我发现自己一直在写错误的，或者说过时的诗歌。后来，我又认识了香港诗人廖伟棠。我发现我的同龄诗人已经很现代主义了，而我还停留在农业时代。当然，另一方面，我也意识到自己没有诗人的天赋。诗人是语言和想象力最高级的操持者。

孙一圣：经过这个转变，你才有意识地去写小说吗？

柴春芽：我对自己的天赋进行了检索，发现我是个天生的小说家，因为每次跟诗人朋友聚会，他们都爱听我讲故事。我也重读了我在少年时代发表的作品，发现我的小说写得要比诗歌好很多。我想，既然乔伊斯和威廉·福克纳都曾当过失败的诗人，但却能在小说的写作上成就非凡，那我放弃诗歌转向小说，说不定也能找到一条属于自己的道路。

孙一圣：你是先接触了哪些小说呢？

柴春芽：2005 年我离开《南方周末》，去了康巴藏区的一个高山牧场，那里没有电没有通讯也没有公路，去县城购买生活用品骑着马需要 9 个多小时，在藏族朋友家住一晚上，第二天再骑马回到草原。在草原上，我读完了威廉·福克纳的全部汉译小说。然后再读萧乾和文洁若两位先生翻译的《尤利西斯》。虽然它是一部艰涩的小说，但我读起来毫无障碍。这可能得益于我大学时代对西方哲学史的研读。我对西方哲学倾注了很多心血，所以对西方的逻辑体系和形而上学是比较熟悉的。西方文化的两个源头，一是古希腊哲学，一是基督教神学。一旦厘清了哲学和神学的源流，西方文学就容易理解了。阅读《尤利西斯》，第一次，我发现，乔伊斯竟将50多万字（20多万英文单词）的重与一个人（布鲁姆）24小时生活的轻精妙地结合在了一起。对于汉语作家来说，一直没有智力和技艺去解决文字的重和生活的轻，就像中国的画家一直没有智力和技艺去解决透视、比例、解剖和多维空间的问题一样。西方艺术从来不曾忘记探索时间和空间，而中国艺术一直以来沉湎于对世俗表象的粗糙感知和简单临摹。汉民族不是一个爱智慧的民族，而是一个爱当官的民族。汉语文学的传统不是知识分子职业化写作的传统，而是官僚们业余爱好的传统。幸运的是，我在大学读的是政治系而不是中文系，否则，我肯定会被汉语文学所染污。

孙一圣：其实，《尤利西斯》在西方文学史上具有极其重要的地位。在我的认识里，福克纳非常自信，从他在记者提问时的那些傲慢回答里就能看出，他的傲慢不是他的态度，而是他所答内容散发出来的那种傲慢的光芒。但当记者问他对同时代的作家有什么评价时，他提到了托马斯·曼和乔伊斯，当他说到《尤利西斯》的时候，他的回答立马慎重了起来。可见，即使是文学大师福克纳，在面对这样的作品时也不得不肃然起敬。

柴春芽：是的。《尤利西斯》确实是一部非常厚重和开创性的作品。接下来，我在草原上读的另一本书是司马迁的《史记》。有一天，当我读完《史记》时，天近黄昏，我兴奋异常，可是没人跟我分享，我只好跑出校园，面对茫茫草原大吼大叫。司马迁运用了结构主义和魔幻现实主义等现代手法将汉语叙事艺术推向了巅峰。《史记》中的汉语如同史诗一般壮美。但是，另一方面让我惊讶的是，汉民族是一个没有传承意识的民族。当《史记》完成了叙事艺术的巅峰以后就无人为继了，然后人们就去玩诗歌了。等到后来出现的什么传奇和话本之类，就显得特别无聊，因为在叙事艺术上毫无创造力。我们的四大名著对时间没有认知，全是线性叙事。但《史记》是没有线性叙事的，它是用结构来叙述历史的。我认为《史记》就是一部汉族的史诗。

孙一圣：就是说，一直没有华语作家意识到《史记》的先进性？

柴春芽：对，到目前为止我在大陆和台湾跟很多同龄的作家交流，没有第二个人跟我一样去研究《史记》的叙事艺术。直到现在，每当我的汉语显露庸俗倾向的时候，我就会去阅读《史记》。《史记》的语言是一种尊贵而壮美的汉语。如今，我们现代汉语的整体格调显得很猥琐。

孙一圣：还有没有别的作家对你产生过重要的影响？

柴春芽：阅读卡夫卡开启了我对小说的另一种认识。卡夫卡在《变形记》的一开头便如此写道："一天早晨，当格里高利·萨姆莎从不安的梦中醒来，发现自己变成了一个大甲虫……"这个假命题的确立，结束了小说的现实主义并将小说引向一种数学般精密的智力推演。卡夫卡把小说的现实主义抛给了新闻记者和专栏作家，就像达利把绘画的现实主义抛给了摄影师一样。

在巴尔扎克和雨果的时代，公众需要知识分子去报道真相，于是，巴尔扎克和雨果那样报道式的作家产生了。进入 20 世纪以后，社会事件就不需要作家去报道了，因为有职业的记者去报道，这迫使作家不得不去开创另外一种叙事模式。这时候，卡夫卡为小说开辟了一条新的道路。

卡尔维诺把卡夫卡开辟的道路推向了极致。当他写《不存在的骑士》时，这个题目就是个假命题。他通过语言的推理来论证这个假命题为真。由此，我开始思考：小说是什么。

给我营养的作家还有马尔克斯、康拉德、奈保尔等人，还有诗人布罗茨基、特朗斯特罗姆和叶芝。如果要把学者也算上的话，我愿意提到的是汉娜·阿伦特和萨义德。

当然，我不能忽略阿兰·罗伯-格里耶。他是法国新小说派的领袖，也是新浪潮电影的干将。罗伯-格里耶的写作对现实世界进行了显微镜式的考察。他的作品让我对照出了我的思维的粗糙。对于这个多维而复杂的世界，我们汉人一直是用粗糙的视觉、听觉、嗅觉等感官去认知的，我们很少能够去调动抽象思维来认识世界。汉语文学——包括诗歌和小说——对世界的认知和表述一直以来都很粗浅。

孙一圣：谈谈你的经历吧。我觉着你的经历很神奇——做过《南方周末》的摄影记者，又支过教……那时候的生活怎么样？支教回来以后心境跟以前有什么不同？现在既写作，又拍电影，在我看来你的生活经历简直不可思议。

柴春芽：2005 年我离开城市，去藏地一个高山牧场当了一年的义务老师。也不能叫支教，这个词太官方。我愿意把它叫做“一种完全个人志愿的选择"，或是"一种自我的流放"。事实证明，反倒是草原上的藏族牧民和寺院里的僧侣教育了我。促使我去草原也不是一个单一因缘导致的结果。别人也有说你好崇高啊什么的，我说不是的，没这么简单。

孙一圣：你被台湾联合文学出版社称为"中国的青年小说大师"。他们评价你的小说"更多地体现人道主义者的悲悯、禁欲主义者的清洁和宗教徒般的救赎"。这是非常高的评价。我第一次看到他们这样说的时候有些怀疑，但当我看了你的小说以后这种疑虑才消除掉。对此你怎么看?

柴春芽：这是台湾朋友的抬举，对这种说法我一直很惶恐。当然，我的目标不仅仅是给中国人写作，我希望是为人类而写作，对人类的智力体验造成一点点惊讶。小说就是对人类的想象力造成惊讶，如果一个小说让我的想象力不惊讶这就是不成功的小说。就像电影一样，如果电影不对人的视觉经验造成惊讶，就不是好电影。我们太多的华语小说都不能对我造成惊讶，因为有太多庸俗的故事、笨重的叙事模式和陈腐的语言。

孙一圣：你对乡土的理解是什么?一说乡土读者就会联想到很土气的那些东西，但你写故乡的那些小说完全没有土气。你的小说的气质非常明显。你认为你的写作是乡土写作吗?或者说，你是不是觉得读者对乡土的理解狭隘了?

柴春芽：我是在用汉语写作欧洲小说。我小说的根在欧洲文化里。中国人没有创造出小说这种艺术形式。如果你想在中国文化里寻找小说的资源，那无异于在沙漠里打井，就如同你要在中国的政治传统中寻找民主和宪政一样。米兰·昆德拉在《小说的艺术》里说，小说是欧洲文化的事功。以前我跟我太太——她是研究韩国文学的——这么说的时候，她不相信。后来，土耳其作家奥尔罕·帕慕克在中国社科院的一次演讲中就说，整个东方没有创造出小说这种艺术形式，小说就是欧洲文化的产物。东方诸民族创造了类似于小说的东西，比如说中国的传奇和话本，但都不具有小说之为艺术的完备形式。

孙一圣：从你的小说里我看不出以往中国作家普遍具有的一些东西，你的东西往往很有特质，比如语言比如情节还有写小说的那种天生的自觉性（这种自觉性有的人写了一辈子都不见得能找得到）都好像在试图突破限制。你是在有意识地去寻求突破吗，还是你自始至终都是从自身找问题，寻求自身的突破，但在无意中打破了以往他人固有的壁垒?

柴春芽：我是在有意识地去突破，通过哲学的训练和宗教的训练，冲开物质层面的束缚而上升到精神层面的自由。

孙一圣：你的小说语言质感非常足，而且不容易理解，就像是一个语言的迷宫，阅读的过程又像是一个猜谜的过程。而且整体的感觉就像西藏草原上那种茫茫大雪的感觉，即使读完了之后这大雪还在一直下。当时你写下这些句子的时候，是一气呵成还是琢磨出来的?

柴春芽：从来没有一气呵成过，跟写诗是一样的，就是对每一个字句进行锻打、雕琢，对词语进行新的排列组合，打破我们以往现实用词的常规。比如说我们会觉着寒冷是因为气候或者恐惧所致，但是我最近写的小说里就说是时间的凝固使你感到寒冷。写作就是让词语组织成新的情景体验。

说到这一点我就在感慨，一个作家或诗人在一个民族当中的重要性，因为语言塑造民族性格，有什么样的语言就有什么样的民族性格。比如说我们的现代汉语是一个极其粗鄙的语言。当我们面对新的工业文明的时候，我们农业时代创造的古汉语失效了，我们的古汉语无法跟科学的世界进行对接，这就迫使当时的知识分子去创造一种新的语言。他们不得不把日语里的很多词转成现代汉语，比如科学、国家、政治等等，我们现在几乎所有的这些政治学或者社会学的词语都来自日语，但是这些词语所指涉的东西在中国的文化和历史中是不存在的。能指与所指的错位，在现代汉语中比比皆是。为什么我们现在有这么糟糕的政治，有这么堕落的道德，就是由于我们当时用了一套很粗鄙的、不精确的语言所致。作家和诗人负有建构自己语言的使命，然后通过文学作品的传播来培养自己的民族性格。我们现在所有的社会政治经济问题归结到最后就是语言问题。我们的语言就是不能所指，一旦所指，就是偏差。西方的知识分子就非常自觉，比如说荣格，当有人问他：你信上帝吗?他说：我希望用另外一种方式来谈论这个问题；我想追溯人类关于“上帝”的知识是如何产生的，只有先去追溯“上帝”这个知识是如何产生的，接下来才会有信不信上帝这个问题。我们的知识分子只把人生当做经验，但在西方有个传统，那就是把知识作为经验。比如哲学家康德，比如博尔赫斯。他们的人生几乎可以说乏善可陈，但他们把知识作为人生的经验就使得他们无比的博大精深。

孙一圣：你的小说里始终缠绕着一种似真似幻的魔幻气质，萦绕不断。从你的小说里面能看出拉美魔幻现实主义的影响，是这样吗？如此一来，我们就绕不开马尔克斯，你怎么看马尔克斯？

柴春芽：马尔克斯是个伟大的作家，最近我还在重新读他的短篇小说。我几乎读完了他所有的中英文版本的小说。《百年孤独》、《霍乱时期的爱情》和《族长的没落》的中英文版本我是朗读完的。我认为拉丁美洲的文学是欧洲文学的一个分支，他们当中的大部分作家如马尔克斯、富恩特斯、卡彭铁尔等，都曾在欧洲生活过并用西班牙语写作。这批人到了欧洲以后，发现欧洲人已经把文学的技术玩到极致了。他们只能回到自己的经验世界，寻找新颖的内容去与欧洲文学的技术进行对接。同样的，我们汉语作家现在的写作也是通过对西方文学技术的一种学习，然后进入我们的本土资源。汉文明作为一种世俗文明，在精神层面上是很贫瘠的，因此，我才选择西藏来作为我的本土资源，从而嫁接出一种特殊的小说类型。

孙一圣：你曾经说："因为我觉得写作是一件很可怕的事，有太多的大

师在前面。写一点点东西都要花很多的时间和心思，但结果可能很拙劣，艺术和思想都很拙劣，所以让我很焦虑。”你是什么时候这样想的？写作的时候是否有过这样的想法，有的话，是什么又让你坚持了写作？

柴春芽：年轻的时候写诗很狂妄，到了三十岁才不敢狂妄了。后来为了写小说，我进入了西方文学史，一读经典，才把自己吓一跳。以前的狂妄真的是无知。西方文学发展了这么多年，很多技术都已经被发展到极致了。如果你稍不注意，可能你辛苦了一辈子，到头来发现你做的，别人在很早以前就已经做到极致了，你的写作因而就变成了一个笑话。但当你了解了西方文学史，了解了现代文学的前沿，你就知道你如今是站在什么位置上。一旦有了起点，你就不再茫然。当然，我之所以坚持写作，是因为写作让我获得精神的自由，特别是在一个肉体被奴役的世界里。

孙一圣：写作是你的必需吗？

柴春芽：目前是，我不但要靠它来养家糊口，还要靠它来治疗我那可怕的厌世症。

孙一圣：你认为怎么样才能成为一个好作家？

柴春芽：我认为的好作家是坚持一生写作从而不断抬高文学之标准的作家。至于如何成为这样的好作家，我想：A. 持之以恒地读书；B. 至少能够阅读一种西方语言；C. 要有信仰；D. 像军人那样安排严格的作息时间；E. 对名利保持警惕；F. 把写作当做自我救赎的一项功课……

孙一圣：你写作的时候有什么特定的场景吗?

柴春芽：没有特定的场景。我会在旅行中写作，也会在办公室里写作，有时候，还会在儿子和小狗的骚扰下写作。一个作家容易养成恶习，而我一直在对抗恶习，所以我不嗜烟酒，更不靠迷幻剂。

孙一圣：有些人说他们读不懂你的作品，甚至读了两三遍之后还是不懂。你建议他们该怎么去读？对这样的问题福克纳的回答是“去读第四遍”，你的回答呢?

柴春芽：我的意思是不需要读懂，就像我现在读艾略特、奥登、布罗茨基或是特朗斯特罗姆的诗歌那样，很多诗我也读不懂，但是我热爱他们用语言创造的那种幻景。诗人用词语排列组合成一种阅读体验的惊讶。随着年龄的增大和思想的成长，有些东西读着读着也就自然读懂了。有些作家晦涩，是因其不会思想；而有些作家晦涩，是因其思想超越了时代。但愿我属于后者。

孙一圣：对一个作家来说，经验、观察和想象是不是很重要?

柴春芽：知识和想象很重要，经验并不重要，就像我们之前说过的博尔赫斯的例子。康德也是一个明证，他的一生几乎没有脱离过小城哥尼斯堡。卡夫卡和美国诗人华莱士·史蒂文斯 (Wallace Stevens) 都在保险公司从事法律工作。

孙一圣：你对作家的灵感怎么看？你有过灵感吗？你认可灵感的说法吗？我的经验是，在大部分的时间里，我都是坐在那里，准备去写，就那样坐着去准备，心里面想着我要写的小说，直到第一个出现，然后接着去写，脑子里想出什么写什么，根本没有灵感的出现。

柴春芽：对我来说，写作是一种职业。持续的写作就会持续不断地拥有写作的灵感。让灵感成为一种持续的激情，这才是一个作家能够写作一生的法宝。转瞬即逝的灵感只会使一个作家陷入自我陶醉的泥沼。

孙一圣：关于福克纳的自信我们说过了。而胡安·鲁尔福则恰恰相反，他的小说《佩德罗·巴拉莫》是朋友从他手里抢走才发表的，那时候胡安·鲁尔福还不自信，甚至以后《佩德罗·巴拉莫》备受好评他还觉着有些莫名其妙，以至于后来几十年里他再也没有作品问世。我在苏珊·桑塔格的一篇文章里得知，胡安·鲁尔福后来写了一部名叫《山脉》的小说，只是在他临死前焚毁了。我觉着这是他不自信的表现。马尔克斯和胡安·鲁尔福同是两个好作家，但却有着两种截然相反的态度，你怎么看？

柴春芽：这关系到作家个人的性格。我今天刚好读了奥登的一个随笔。他说，一个创造性艺术家要有制造某种东西的愿望，在理性的外部世界或是感觉的内部世界感知某种存在的愿望，最后是跟别人交流和分享感知的愿望。我认为小说就是一个类似于科学家所做的发明创造。我愿意跟别人交流并分享这种发明创造。可能胡安·鲁尔福不具备跟别人分享和交流的性格，所以他一半是神秘主义者，一半是疯子。

孙一圣：你对自身的写作有信心吗？

柴春芽：我对自身的写作越来越有信心。

孙一圣：你如何定位你的写作？

柴春芽：小说是一种用来探索超验世界的工具，也是我用来赎罪的忏悔词。作为一个有着原罪意识的人，我很幸运自己能够运用这种工具。如果有一天，当我发现小说这种艺术形式不足以让我探索灵魂的深度和载力，我会毅然放弃。也许到了那时，我会满心欢喜地去写布道词、哲学或神学的论著。

孙一圣：是什么让你在文学表达之外又开始了电影的表达？

柴春芽：因为我有跟人交流和分享的强烈愿望，但是当我用汉语去跟操持别的语种的人们交流时存在着很大的困难。后来，我发现电影是一种世界性的语言，不需要太多的对白，也没有太多语言的障碍。后来证明确实如此。我之前写了五年小说，那些小说只能在汉语世界里流通，可是，一部电影却让我走向了不同语种的国家。

孙一圣：从你的小说看，在写作时你不会考虑读者，也不会考虑后来的批评者，但很多电影特别是好莱坞电影和中国的跟风电影都是以观众的可接受程度为第一位的，我觉着你的电影没有这方面的妥协，你在做的时候是不是真的没有这些妥协？以后你会不会有所妥协呢？

柴春芽：我不会向庸众献媚，就像我从来不曾向权贵献媚那样。如果命运之神要我继续拍电影的话，我仍然不会妥协，就像德裔美国导演赫尔佐格那样。我一直坚信这个世界上从不匮乏对智力挑战和思想历险充满热情的人。我的小说和电影寻找的正是这样的读者和观众。我拒绝思想上的懒汉进入我的作品，就像我拒绝生活中的懒汉成为我的朋友。

孙一圣：但拍电影跟写小说还不一样，写小说你一个人干完了所有的活，而拍电影则是很耗精力和金钱的，你会焦虑拍电影的资金来源吗？

柴春芽：我不焦虑。我比较迷信。钱是上帝的，我们人类只是上帝金钱的保管人。如果我在传达上帝的真理，上帝自然会把你需要的钱和那些跟你一样愿意转达真理的人召唤到你身边。我们各人为传达真理而贡献各自的才具。赫尔佐格就有这种迷信式的自信。

孙一圣：文学语言和电影语言的表达有何区别和共同之处，在表达上哪一种更好，或者说哪一种表达更适合你想表达的东西？

柴春芽：这是两种完全不同的表达方式。小说创作的开端是一个优美的句子，而电影创作的开端则是一幅画面。我读赫尔佐格的访谈时，他说当他每次在拍电影之前，他就预先看见了画面。后来当我开始拍电影的时候，我真的能看见一幅幅画面在我的脑海里浮现、定型，然后开始连缀，并流动起来。有观众问我，为什么在我的电影《我故乡的四种死亡方式》里，那个灵媒在独白时身边围绕着七面镜子。我说我也不知道为什么，那个画面在我拍摄之前就已经被我看到了。

电影作为一种成熟的艺术，有着自身的语法和修辞。这种语法和修辞是影像本身就先天具足的。中国电影里,我只见过贾樟柯在《三峡好人》里用过一次电影的修辞，就是那个颇为怪异的三峡工程的纪念性建筑物突然飞向天空并消失的画面。绝大多数中国电影没有用电影本身的语法和修辞去叙述，而是用文学的语法和修辞在叙述。希腊导演安哲罗普洛斯是电影修辞的大师。在他的电影《雾中风景》的开头，是一片漆黑，只有画外音。一个女孩对男孩讲述《圣经·创世记》的故事："上帝说，要有光，于是，就有了光……"话音刚落，黑暗房间的门下传来一缕灯光。那是母亲晚上归来打开的客厅灯光。而在电影的结尾，姐姐带着弟弟越过边境，在大雾中走向远处地平线上的一棵树。地平线，树，两个弱小的背影，逐渐散去的雾，构成了一个充足的、隐喻的、感伤的画面。这就是电影的修辞。

孙一圣：你对于自己身为作家有什么感想？身为电影工作者又有什么感想？

柴春芽：当我拍电影的时候我无限眷恋我当作家的日子，因为当作家太幸福了，面对一台电脑就可以为所欲为。可是当导演的时候，天啦，你不得不跟那么多人打交道，你不得不面对无尽的琐事。在拍第一部电影的时候，我跟工作人员说，我要向全世界所有的导演致敬，甚至要向那些拍了烂片的导演致敬。一个画面，你得动用这么多人，太不容易了。一个万马奔腾的句子你可以随便去描写，可是你要去拍一个万马奔腾的画面，却像一场噩梦。当个作家是最幸福的，那是一种纯粹的享受，而当导演则是享受一半的幸福忍受一半的折磨，仿佛冰火同时加身。我读波兰导演基耶斯洛夫斯基的访谈时，他说每次拍完电影他都想放弃导演这个职业，因为一部电影会让人身心俱疲。

孙一圣：你又在做电影方面的工作，那么，电影工作有没有占用你大量的写作时间？你又是如何来调和这两种创作的？

柴春芽：在电影创作和小说创作方面，这几年我时间上基本各占四分之一，当奶爸和读书又各占四分之一。因为我的电影属于作家电影，剧本得靠我自己去写。接下来进入到电影的具体操作层面，那我基本上就没法写小说了。如何去组建主创团队，如何筹钱，如何看外景，如何拍摄，这些琐碎的事情会占据你大量的时间。当然，拒绝老人帮我和妻子照顾一对儿女，也耗去了我大量的时间，但这是值得的。亲自养育子女是在完成一部更为杰出的作品。

孙一圣：对一个写作者或者电影导演来说怎么看待作者和导演身上所具有的悲悯情怀？这些又会以怎样的方式去表达？

柴春芽：悲悯是一种天赋。有些人天生就不具有悲悯情怀。有人天生就是圣徒，比如圣托马斯·阿奎那。他立志要去修道院。家人曾把妓女和他关在同一个房间，想以此来改变他的心志，但终未得逞。当然，悲悯情怀是一个人走向伟大的起点，但若没有智力来推动，这样的人就会成为慈善家而不是艺术家。

孙一圣：作为一个作家或者一个电影导演你有没有安全感？或者说你时刻都会保持警惕？

柴春芽：当然，我对世俗意义上的成功保持着警惕。很多时候，世俗意义上的成功是进入地狱的门票。耶稣就说，富人进入天堂比骆驼穿过针眼还难。

孙一圣：作为一个作家，你会不会对拍电影心存警惕？据我所知，当一个作家有了电影这种表达方式以后就会减少小说的创作，甚至是停止小说的创作。

柴春芽：阿兰·罗伯-格里耶写了一辈子小说也拍了一辈子电影。写作和导演都是我所喜欢的生活方式。我希望自己能像罗伯-格里耶那样，用小说和电影丰盈我那枯燥乏味的人生。

孙一圣：最后，谈谈你新拍的电影《我故乡的四种死亡方式》吧。

柴春芽：在拍摄之前，我就对主创人员说，这部电影一定可以走向国际，因为它关注的是普世主题，它也打破了时间的线性逻辑，从而对观众的智力提出挑战。

孙一圣：这个电影以"地水火风"四大元素为结构，讲述了四个关于"死亡"的故事。你想通过这个电影来表达什么？

柴春芽：我们汉民族是个经验主义的世俗民族，对于超验世界和精神世界的思考，我们一直欠缺热情和智力。恰恰是那些超验的事物——正义、善、美、上帝的律法、自由意志等等——才是人之为人的属性。世俗事物诸如吃与住等，并不是人之为人的属性，而是动物之为动物的属性。一场公款吃喝的盛宴与一顿猪食没有本质性区别，只有食物在精细与粗糙程度上的差异，同样，权贵们的豪宅与一个猪圈没有本质性区别，只有豪华与简陋的差异。我之所以用四大元素这种抽象的存在来结构这部电影，就是要打破汉民族固有的庸俗唯物主义的僵化思维，让美学挣脱庸俗唯物主义的枷锁。美学家高尔泰先生曾言，美是自由的象征。

孙一圣：这个电影是你的小说改编的吗?

柴春芽：不是，但这个电影是我自己写的剧本，今年6月将由广西师大出版社出版的同名著作，是在电影拍摄完成之后才写的。这部作品其实是一部跨文体的实验作品，用非虚构的笔法讲述一个独立电影导演回故乡拍电影的经历。在他的经历中，又用虚构的笔法讲述了四个人的死亡故事。在虚构与非虚构之间，我又以学术论文的规范探讨了小说和电影是什么以及小说和电影的关系。

宇宙四大元素“地水火风”的理论来源于藏传佛教，而藏传佛教又来源于印度。公元8世纪将佛法从印度带到雪域西藏的莲花生大师著有一部《中阴闻教得度》的书，又名《西藏度亡经》。这部著作认为，我们的骨头是地元素，血液是水元素，体温是火元素，呼吸是风元素，人的死亡就是这四大元素的分解。这是与印度教经典《奥义书》中的理论共通的。

这部电影也是要告诉人们，死亡并不是生命的终结，而是另一种生命形态的开始。电影里的人物具有一种忧伤的尊贵，因为他们的死亡并不是死亡，而是向死而生。作为故乡的四个符号化人物的死亡，也在隐喻的层面上，暗示了我那农业文明的家园的消亡，但我却在这种消亡中表达了一种悲观的希望。

孙一圣：悲观中的希望？像你之前说过的：“这部电影里没有猥琐的东

西。我赋予故乡的人们一种尊贵的品质。他们虽然贫穷，但他们都很有尊严。汉民族作为一个没有创造出哲学和宗教的民族，其文化血脉里总是难以培养起尊贵的气质。我的抱负是用艺术来塑造一种尊贵的人生，从而确立一种尊贵的人性的典范。”但是，从你小说的整体气质还有影像的风格，我以为你是非常悲观的，不是吗？

柴春芽：我是个悲观的行动主义者。

孙一圣：你下一步的计划是什么？

柴春芽：我正在筹备一个西藏题材的电影，叫 *Mapham Yutso*，全由藏族演员出演，藏语对白。如果顺利的话，这部电影会在今年 8 月份开拍，外景地在印度、尼泊尔和中国西藏。另外，我正在为“故乡三部曲”的第二部电影《蜂王的夏天》写作剧本。文学方面，一部写了 3 年的长篇小说《花儿与少年》还得继续。这部小说讲述的是 1940 年代中国西部回族土匪的传奇故事。2011 年夏天我曾在甘肃一个回族村庄生活了半个月，为这部小说做采访。现在，我还得阅读大量伊斯兰方面的著作和回族历史，还得去新疆霍城一个回族社区做采访。接下来我得完成一本与我父亲合作的图文集《伤心的土地——一个中国西部农民的乡村影像志》。4 年前，我父亲学会了摄影，然后他就开始拍摄他身边的农民。所以说，我在继续虚构创作——小说和电影——的同时，会去创作大量的非虚构性的作品——随笔和纪录片。

新民說

Http://e.weibo.com/xinminshuo
E-mail:fanxin@bbtpress.com